ハヤカワ文庫JA
〈JA1509〉

裏世界ピクニック7

月の葬送

宮澤伊織

早川書房
8750

挿絵／ Shirakaba

目次

裏世界ピクニック7

月の葬送

名恐ろしきもの

青淵《あおぶち》。谷の洞《ほら》。鰭板《はたいた》。鉄《くろがね》。土塊《つちくれ》。雷《いかづち》は、名のみにもあらず、いみじう恐ろし。暴風《はやち》。不祥雲《ふしようぐも》。ほこ星。肱笠雨《ひじかさあめ》。荒野《あらの》ら。

強盗、またよろづに恐ろし。らんそう、おほかた恐ろし。かなもち、またよろづに恐ろし。生霊《いきすだま》。蛇《くちなは》いちご。鬼蕨《おにわらび》。鬼ところ。荊《むばら》。枳殻《からたち》。いり炭。牛鬼《うしおに》。碇《いかり》、名よりも、見るは恐ろし。

『枕草子』一四八段

ファイル 21

怪異に関する中間発表

1

「霞《かすみ》を引き取ることにした」

小桜《こざくら》が唐突にそう言ったので、フライドチキンを食べる手が止まった。顔を上げると、鳥子《とりこ》も私と同じように、口の周りに衣のかけらを付けたままで目を丸くしていた。手袋を脱いでいるので、透き通った左手も油で汚れている。

小桜屋敷の、おなじみのダイニングキッチン。テーブルを囲んでいるのは家主の小桜、私と鳥子の三人だ。〈寺生まれのTさん〉を撃退してから二日後の夕方、私たちはまた、すっかり溜まり場になったこの屋敷を訪れていた。理由は例によって打ち上げ。今日のメインディッシュはケンタッキーのボックスだ。

裏世界からの帰還後、鳥子が必ずやりたがるこの飲み会は、続けるうちにいつの間にか、やらないと私まで落ち着かなくなってしまった。習慣の力は怖いと言うべきか。異常な環境から日常に戻るための、私たちなりの儀式のようなものかもしれない。

口の中のレッドホットチキンを飲み込んで、ようやく喋れるようになった。スパイスでヒリヒリする唇を舐めてから、私は訊いた。

「引き取るって、ここにですか？」

「ああ」

「この家に？」

「悪いか？」

「悪いっていうか……なんでそんなことに？」

「いつまでもDS研《あそこ》に置いておくわけにもいかないだろ」

ぶっきらぼうに小桜が言って、手の止まっている私たちに目を向けないまま、次のチキンにかぶりつく。

私と鳥子が裏世界から連れ帰ってきた女の子、霞。最初は裏世界に迷い込んだその辺の子かと思ったけど、結局身元が判明しなかったので、勝手に名前を付けた。年はまだ、せいぜい小学校の低学年くらいだろう。本人が何も教えてくれないので、これも推測だ。

「確かにそうかもしれませんけど……」

「あそこは子供が勝手にうろつくには危険すぎる。ただでさえ何が起こるかわからんのに。本人は無事でも、周りの大人の胃に穴が空くよ」

霞は表世界と中間領域を自由に行き来することができる。私たちが保護（?）して以降、DS研のビルで面倒を見てもらっていたけど、その能力でどこにでも出入りするので危なっかしくて仕方がない。厳重に閉ざされた裏世界の異物の保管庫も、第四種接触者の病室も、霞にとっては開けっぱなしの遊び場だ。

その上、病棟の奥には潤巳《うるみ》るなもいる——。

るなの部屋に入ったとき、霞は自分から耳を塞いでいたから、るなの〈声〉が危険だということはどうやら理解しているらしい。でも、あの〈声〉は、私の目と鳥子の手が揃っていないと避けられない厄介な代物だ。耳を塞いだ程度で防げるとは思えない。るなが霞の能力を認識したら間違いなく手に入れようとするだろう。あいつは外に出たがっている。今はおとなしくしているように見えるけど、いつまでも幽閉された立場に甘んじているようなタマじゃない。

「どのみち霞の能力をコントロールできる人間は誰もいないが、ここならまあ、あの子がシフトしてもDS研より危険は少ないしな」

小桜は霞の能力をシフトと呼ぶようになっていた。世界の相《フェイズ》——もしくは階層《レイヤー》?とでも言えばいいのか、現実のさまざまな在りようを次々に移動していくその力は、見た感じ特に努力して使っている様子でもなかった。キーボードのシフトキーを押して文字の種類を変えるのと同じくらいあっさりと、霞は中間領域を行ったり来たりしていた。

「いいの？」

それまで黙っていた鳥子が、不意に口を開いた。

「何が？」

「だって……」

鳥子が言い淀む。小桜の目が鳥子に向けられて、二人の視線が絡み合ったまま数秒間、変な沈黙が落ちた。なんだか嫌だったので、私はレモンサワーの缶をあおってから、テーブルに戻す。空き缶が乾いた音を立てて、二人の注意を引いた。

「引き取るのはいいとして、意思疎通できるんですかね」

「できるようになると思ってる」

小桜が答える。

「借り物の言葉でしか喋れないでしょう、あの子」

「今はまだな。でもコミュニケーションしようという意志は感じる。空魚《そらを》ちゃんだってそれは感じただろ？」

「まあ、はい」

霞は私たちと話すとき、自分の言葉ではなく、私と鳥子が過去に交わした言葉の断片を口にする。最初はわからなかったけど、注意深く聞いていると、会話の状況に沿う形で引用しているように思えてきた。聞いてる私たちが勝手にそう思い込んでいるだけという可能性は捨てきれないものの、偶然にしては、引用が文脈にしっくり来ることが多かった。

「でも謎は多いよね。そもそも霞、なんで私たちの会話の内容を知ってたんだろ」

食事を再開した鳥子が、チキンをもぐもぐしながら言った。

「わけわかんないよね、会ったこともなかったのに」

私も頷いて、ポテトを明太マヨのディップにつける。

「霞どころか、私と鳥子以外誰もいないときの会話の、自分でも覚えていない台詞を、どういう理屈で引用できるんだかさっぱり理解できない。ずっと前から隠れてついてきてて、全部聞いて憶えてたとか？」

「ちょっとあり得なさそう」

「だよね、さすがに」

「おまえらがいくらぼんやりしてたとしても、さすがに気付くだろうな」

小桜がコーラのグラスを口に運ぶ。今日はホットじゃなくて、氷の入った普通の冷たいコーラだ。食事のときは温めないらしい。

「あの子が話すのを聞いてると、そういう感じじゃないんだよな。前に聞いた言葉を憶えていて真似してるというより……他人の言葉が詰め込まれた辞書をプリインストールされているみたいだ」

「学習したんじゃなくて、あらかじめ組み込まれてるってことですか」

「そういう印象」

「誰に、なんの目的でインストールされたんだと思う？」

鳥子がぼそりと口にした問いに、小桜が顔をしかめた。

「それに答えるのは、霞が何者かという話になるが……」

私たちが黙って待っていると、小桜は諦めたように続けた。

「〈寺生まれのTさん〉や、〈肋戸美智子《あばらとみちこ》〉と同様に……霞も裏世界からこちらに送り込まれた、いわばプローブ、探査用の情報端末なんじゃないかとあたしは思ってる。あの子がおまえらに向かって何度か口にした〝インターフェース〟という言葉は、端的にそれを表してるんじゃないのか」

「やっぱりそう思いますよね」

私の考えも、小桜と同じだった。これまで私たちの前に現れた裏世界の存在は、人間の頭の中にある怪談の姿を取って現れ、ネットロアの文章をコピペするような形で話しかけてくることが多かった。霞の会話方法は、会話に使う辞書こそ違うものの、裏世界の存在の振る舞いとよく似ているのだ。

「空魚ちゃんも前に言ってたよな――人間の姿をした奴らは、向こう側からの接触のアプローチだって」

「小桜は、霞もその、アプローチの一環だと思ってるの？」

「その可能性が高いと思う」

「それわかってて引き取るんですか」

「放っておくわけにもいかないからな」

小桜がそう言って、肉を囓り取ったチキンの骨を無造作に皿に落とした。

「怖くないの？」

鳥子が訊ねた。

「あの子が？　どうだろうな。ある意味おまえらの方が怖いよ」

「そういう話じゃなくて」

「裏世界絡みだからか？」

「うん……」

困惑したような鳥子に、小桜は真面目な顔で答えた。

「得体の知れない部分は多いが、あたしは、あの子自身は人間だと思う。裏世界で作られた人間もどきじゃない。本物の人間が、裏世界で人間とのインターフェースに仕立て上げられたんじゃないかと考えてる」

「だとしたら、今までにない方法ですね」

過去の「アプローチ」が脳裏をよぎる。

〝かれら〟と私たちが曖昧に呼んでいる裏世界の向こう側の存在は、これまでいろいろな人間もどきを通してこちらに接触してきた。そのほとんどは、不気味で辻褄の合わない言動で人間ではないことが知れた。一番新しい事例の〈肋戸美智子〉と〈Tさん〉も、それは同じだった。

〈肋戸美智子〉には、最初は騙されかけた。失踪したと聞かされていた人物から夫捜しの依頼を受けるという不意打ち的なシチュエーションで、こちらの判断力も低下していたのかもしれない。異常さがはっきりしたのは、意味不明な「結婚しました」という絵葉書を送ってきたときだった。直接対面したときにはまともに会話していると思ったのに、どうしてだろう？　一旦離れたことで「人間らしさ」が取り繕えなくなったのか、あるいは最初からおかしかったのに私たちが気づけていなかったのか……。

その後に現れた〈Tさん〉は、「人間らしさ」のレベルでは、より洗練されていた。私だけじゃなくて、無関係なゼミ生や教授の前でも違和感なく行動できていたからだ。ただ〈Tさん〉もやっぱり、私たちのいない場所に行くと様子がおかしくなっていた。廃アパートで見た痕跡からすると、土足で畳の上をぐるぐる回っていたようだし、その後直接対話した際の言葉遣いも違和感があった。

どちらの場合も、完全に人間を模倣できてはいなかった。

比較すると、霞は圧倒的に「人間らしい」。表情は乏しいし、人真似の言葉しか喋れないものの、あの「人間もどき」たちとは根本から違うように思う。

とはいえ、確証はない。〝かれら〟の学習が進んで、より精巧な模倣が可能になったのかもしれない。だとしたら、小桜は自分の家に〝かれら〟の最新鋭のエージェントを棲まわせることになってしまう。私と鳥子がいるときはいいけど小桜が一人になったとき霞が人間もどきだったら小桜がどうなるかわからないし怖い。もし次に会ったとき小桜が入れ替わっていたらどうしよう。入れ替わる？　そうか、〝かれら〟が人間を真似るのが実は人間と入れ替わってこっちの住人になるためだったとしたら？　それどころか私たちが出遭った奴らはごく一部に過ぎなくて本当は世界中で同じことが起こっていて今もあらゆる場所で表と裏がポコポコポコポコポコあぶくのように弾けて入れ替わって上から見ると水玉模様になって集合体恐怖症の人だと嫌だろうな、私はまあ大丈夫だけどときどきウッてなることはある、でも視点を上げてすごく高いところから全体を俯瞰すると水玉模様に見えてたものがめちゃめちゃ大きな絵に見えてくるんだけどどう見てもそれは——

「空魚」

腕に触れられて、私は我に返った。視線を上げると、鳥子と小桜の心配そうな顔に迎えられた。

「……またあれになってた？」

私が訊くと、二人は頷いた。

〝かれら〟のことを考えると意識が持って行かれて、しばらくフリーズするのだ。どうも頭の中で変なスイッチが押されてしまうらしい。普段はなるべく考えないようにしているし、私だけじゃなくて鳥子もそうなので、お互い気を付けている。

ぶるぶるっと頭を振ると、夢から覚めたときみたいに、何を考えていたのかあっという間に思い出せなくなっていく。

「大丈夫か？」

「すみません。何の話してましたっけ」

「霞が人間だって話」

鳥子が横から教えてくれる。気を取り直して私は訊ねた。

「私も霞のことは人間だろうと思ってますけど……小桜さんはなんでそう思うんですか」

「あの子は人間のフリをしようとしてない」

小桜のシンプルな答えに不意を衝かれた。

「確かに……そうですね」

「だろ。人間はわざわざ人間のフリする必要ないからな」

私が霞を「人間らしい」と感じるのはそういうことなのか、と腑に落ちた思いでふと横を見ると、鳥子は何やら眉を寄せて、複雑な顔をしていた。

「どうかした？」

「え？　うーん、そうかーって」

曖昧な口調で鳥子が言って、缶ビールを啜る。

「鳥子は霞のこと疑ってるの？」

「ううん。私もあの子は人間に見える……ちょっと空魚に似てるとこあるし」

からかうような鳥子のコメントに、つい笑いが漏れた。

「あんまり否定できないんだよね、それ」

周りの人間のことなんか気にせず好き勝手に出歩く霞の様子に、私もちょっと思うところがあったのだ。客観的に見たら私もこの子とたいして変わらないかもな、と……。

「小桜が霞を引き取るなら、それが一番いいかもね。小桜面倒見いいし」

　鳥子が言うと、小桜は渋い顔で私たちを睨んだ。

「おまえらに面倒見がいいと評されると最高に腹が立つな」

「だって実際そうじゃないですか」

「あのさあ、金を貸した相手に、気前がいいですねとか言われたらどう思う？　下手したら殺人事件だよ、もう」

「霞を引き取るのも、小桜が大人だから？」

「あ？」

「責任ある大人として振る舞おうと……」

「あーそうそう、そうだよ。周りがガキばっかりだからあたしがやるしかないんだよ。おまえらも早く大人になってくれると助かるんだがな」

「わかった。ぼちぼち頑張る」

「ぼちぼち？？？　今の文脈でそんな返事があるかよ、ビビるわ」

　小桜と鳥子の言い合いを聞き流しながら、私はぼんやりと考えていた。

　本当にそれだけだろうか。

大人としての責任感だけで？

小桜が私や鳥子を気に掛けてくれるのは、まだ人がいいとか面倒見がいいとかで納得できるけど、霞はどうなんだ？　裏世界から連れてきた、会話もままならない、しょっちゅう出たり消えたりする正体不明の子供を引き取るというのは、ちょっと次元が違う気がする。本当に放っておけないという理由だけで身元引受人になるのだとしたら、人がいいどころじゃない。聖人だ。

「なんだよ」

小桜が私を睨んだ。また内心が顔に出てしまっていたらしい。私は俯いて、いえ、別に、ともぐもぐ言いながら、次のチキンに手を伸ばした。

――大きな家に住んでるのね、小桜。

〈Tさん〉との遭遇から帰ってきたときに、霞が小桜に向かって放った言葉を思い出す。

――一人で暮らすには、ちょっと広すぎるんじゃないかしら。

あのときの小桜の愕然とした顔は、こっちがぎょっとするほどだった。私たちが声を掛けてもしばらく反応しなかったくらいだから、相当なショックを受けたんだと思う。

私のものでも、鳥子のものでもない、あの台詞の出所を推測するのは簡単だった。

あれはかつて、閏間《うるま》冴月《さつき》が小桜に言った言葉なのだろう。

小桜が霞を引き取るのは、本当に、大人としての責任感からだけだろうか——。

そんな疑いを抱いてしまうのも無理はないと思う。

……いや、どうでもいいんだけど、閏間冴月のことなんて。

どちらかというと気になるのは鳥子の心情だ。私が気付いたんだから、鳥子だって気付いていないはずがない。今でこそ鳥子は私のことが好きだけど——いやもうはっきりわかっちゃってるからそう言うしかないんだけど、でもあれだけご執心だった閏間冴月の言葉を、霞の物真似を通してとはいえ聞かされて、どう思っただろう。

チキンを囓りながらちらちら様子を窺ってみたけど、鳥子の振る舞いから内心を推し量ることはできなかった。思っていることを隠すのが、鳥子は私よりよっぽど上手い。そして私は人の心がわからない女ときてる。だめだこりゃ。

「——こっちが知ってるフレーズを引用するから一見奇妙に思えるけど、実はそんなに変わったことをしてないんだよ、あの子は」

いつのまにか、話題は霞の話し方に移っていた。

「子供が言語を獲得する過程では、必ず周りの大人の物真似から入るだろ。音と意味を結びつけて、語彙を増やしていって、だんだん話せるようになっていく。霞も同じだ。違うのは、語彙の中身が単語の切れ端じゃなくて、既存のフレーズの塊だってところだな」

「辞書の出所が異常ってだけで、コミュニケーションの仕方は普通ってこと？」

「そう、だからあたしたちが周りで喋ってたら、それを聞いて覚えて、だんだん話し方も変わっていくはずだ。自分では意味がわからずに引用してるフレーズの中身を理解したら、パーツごとに分解して頭の中で再配置するだろうから、会話の方法も均《なら》されていくと思う。だから将来的な意思疎通に関しては心配してない。最初は苦労しそうだけどな」

「なるほどぉ。じゃあ、霞のそばでいっぱい話そう！　ね、空魚」

「あ、うん……」

「おまえらが貢献できることがあるとしたらそれが一番かもな——変なこと教えるんじゃないぞ。口に気を付けろよ、特に空魚ちゃんは」

「私そんなにひどいですか？　そこまで下品なこと言ってるつもりないんですけど……鳥子どう思う？」

「えーとぉ……」

「空魚ちゃんの口の悪さは下品とかそういうんじゃないんだよ。ブラックジョークを口走って周りにドン引かれてるのに気付かずへらへらしてる、よくあるオタクの話し方ってだけ。ほら、ネットスラングとか面白いと思って実生活で真似しちゃう奴いるだろ。あれだあれ」

「うっ……ぐっ……」

大ダメージを受けている私を冷たい目で見て、小桜が続けた。

「だから霞の前では特に気を付けろよ、わかったか？」

「わ……わかりました……」

「だ、大丈夫だよ、私も気を付けるようにするから、ね」

鳥子が取りなすように言った。

「気を付けるって、具体的には？」

「空魚がまずいことを言いそうになったら、こう……」

チョップのジェスチャー付きで鳥子が言った。

「暴力！」

「おまえはおまえで教育に悪いんだよ！　霞がそうやってすぐ手が出る子になったらどうするんだ」

「わ、わかった……我慢する」

「我慢しないといけないくらい暴力衝動があるのかおまえ!?」

「ちがっ、そういうんじゃなくて……言葉の綾！」

わあわあ言っているうちに何の話をしていたか忘れてしまった。話題が霞のことに戻ってきたのは、三十分くらい経ってからだった。

「でもさあ、実際子供一人引き取るとなったらいろいろ大変なんじゃないの戸籍とか」

しなびたポテトをつまみながら鳥子が言った。

「まあな、その辺は汀《みぎわ》のツテで上手いことやってもらうよ」

「あの人マジでなんなんですか」

「友達」

「友達かあ」

「それって新しい身分用意してもらうってこと？」

「そうなるな」

「へええ、面白そう！」

「面白そうって」

「スパイ映画とかであるじゃん、別名義のパスポートとか。自分だったらどんな人になりすませるかとか、考えたことなかった？」

「わかんなくもないけど、自分のパスポートすらないからなあ」

「空魚も作ろうよ、じゃないと海外旅行できないじゃん」

「えー、私はいいよ、旅行は」

「だって、裏世界経由で出た場所が国外だったとき困るよ？」

「う……それはまあ、確かに」

鳥子の指摘はもっともだった。裏世界の距離は表世界とは違うから、うっかり海外に出てしまって戻れなくなる事態は充分想定できる。今までで一番遠くまで行ったのは石垣島だけど、石垣からは台湾が目と鼻の先だ。一つ間違えたら詰んでいた可能性はわりと高い。

「しょうがない、そのうち取るかあ」

「やった！　約束だよ」

ぱちぱち手を叩いて鳥子が喜ぶ。子供みたいな仕草。

「でもさあ、裏世界経由で国外に出たら、パスポート持っててもトラブルにならない？　日本を出国した記録残ってないのになんでうちの国にいるんだって訊かれたら……」

私が疑問を口にすると、小桜が思い出したように言った。

「そういえば最近は出国のスタンプ省略されることがあるらしいな、顔認証ゲートとかで」

「ほんと？　じゃあ大丈夫だね」

「それでスタンプなくて向こうの国で疑われることも多いって聞いたけどな」

「言い訳できる余地があるならいけるって」

「ダメな大学生みたいなこと言わないでよ」

「ダメな大学生だもん、私」

　鳥子が無責任に言ってハイボールの缶をあおる。酔いが回ってちょっと髪が乱れている
その横顔がめちゃくちゃにかっこいい。言ってること最悪なのにほんとなんなんだこいつ。

「霞のあのー、身分？　身元？ってどこまで決められるの？」

「あん？　どういう意味？」

「名前とか、年齢とか、国籍とか……」

「さあ。汀に訊いてみたら。既存の身元を流用するのか、一から用意するのか、詳しいやり方は知らない」

「そっか。誕生日くらい決められないかな」

「誕生日？　なんで？」

「生まれた日って自分で決められないじゃん。せっかくそういう機会があるなら……」

「いや身元に関して自分で決められることの方が少ないけどな」

「そういえば私の誕生日もうすぐなんだよ」

「ああそう」

「そうなんだ。いつ？」

「六月六日」

「へえ、来月なんだ」

「空魚は興味ないと思うけど」

拗ねたように鳥子が言った。

「わかったわかった、お祝いしようね」

めんどくさい感じ出してきたなと思いながらもそう言うと、鳥子はぱっと顔を輝かせた。

「うん！　空魚の誕生日もね！」

「私のは別に……」

「私がお祝いしたいの！　何月何日？」

「五月五日」

私が答えると、鳥子が固まった。

「五月五日？」

「そうだけど」

「今日って何日？」

「何日でしたっけ」

「ん？　五月十日」

小桜が言うと、鳥子が叫んだ。

「──過ぎてんじゃん!!」

信じがたいことに、これでめちゃめちゃ揉めてこの日の打ち上げは終わった。

2

翌々日、文化人類学のゼミに出席した私は、他の人の発表を話半分で聞きながら考え事をしていた。

頭の中の議題はもちろん、鳥子についてだ。

私の誕生日が過ぎてしまったことで、鳥子が思った以上に機嫌を損ねたので、私はただただ困惑していた。記念日とか重要視するタイプだったのか、と意外に思ったけど、それもあまりしっくり来ない。今までお互いに誕生日を聞いたこともなかったし。

なんだろう、あの怒り方はどちらかというと、打ち上げにこだわるのと同じ部分から来ているのかもしれない。沖縄でビーチに行こうと強硬に主張されたのを思い出す。二人で経験できるイベントを逃したくない、という……執着？　強迫観念？　みたいなものが、鳥子にはあるように思う……。

ああー、嫌だ嫌だ。めんどくさい。

考えているだけで、胸が詰まってきて、頭皮が熱くなる。わーっと叫び出したくなる。

こういうのは本当に苦手だ。つまり……人の気持ちを考えることが。

痒くなってきた頭をがしがし掻こうとして、ゼミの席にいることを思い出してぎりぎりこらえた。

もう知らーん！　とキレて、一人で裏世界に逃げ込めれば楽なんだけど。

でもそういうわけにも行かないんだろうな。くそ……。

周りに聞かれないようにそっとため息をつく。

人間は難しい。私には向いてない。

私に対する鳥子の気持ちを……好意をはっきり知って、それにどう応えるのがいいのか、あれからずっと模索している。むしろ模索しかしていない。悩むだけ悩んで、何も解決しないままだ。下手の考え休むに似たりというやつで、時間を無駄にしている気がする。

それにしても鳥子は最近不安定だよな……。

と考えてから、思い直した。

違うな、鳥子はずっとあんな感じだったのに、私が見えてなかっただけなんだろう、きっと。私の目がフシアナで、鳥子がどういうやつなのか、ずっと一緒にいたのに全然わかってなかったんだ。

実際未だにわかっていない。たとえば、〈Tさん〉にやられて記憶を失って、変なことを口走った私は、その場で鳥子に殴られた。

あれも改めて考えると、なんで……？　なんで殴ったの？

――私たち、付き合ってたりした？

あのとき私はそう訊いたのだ。それで鳥子がブチ切れた。

いやそりゃ、正気の私なら絶対言わない台詞だろうけど、だからって手が出る？　前はぶっ叩いて治ったからとかほざいてたけど、それにしたって反応がおかしくない？

一昨日は手こそ出なかったけど、めちゃめちゃ怒って取り乱して、何考えてるのかさっぱりだった。私の誕生日が過ぎてたからって何をそこまで動揺するんだ。過ぎたっていいってもせいぜい数日、お祝いしてくれるってんなら別にそんくらい遅れたっていいじゃないか。後付けでケーキでも食べに行くとか……。

お祝い……お祝いかあ。

最後に誕生日を祝ってもらったのはいつだろう。

……考えるまでもない、小学生のころだな。お母さんがまだ生きてたときだ。その後カルトにはまったうちの家族は、あらゆる既存の宗教行事を排斥したから、誕生日のお祝いも巻き添えで廃止された。誕生日は宗教関係ないと思うけど、私の方も家族を避けるようになったから、たとえ祝ってくれると言っても拒否しただろう。

それ以降、私にとっての誕生日は特別な日ではなくなった。訊かれるまで完全に忘れていたくらいだ。

経緯を説明したら鳥子は納得しただろうか。たぶん。でも代わりに、鳥子はまた泣いてしまう気がする。前に私の過去の話をしたとき、鳥子はすごく悲しそうだった。本人が気にしてないのに悲しまれるのは困惑するし、泣かせたくもない。鏡の中の中間領域から、鳥子の視点を体験したとき、ぼろぼろ泣かれてしまったのはけっこうショックだった。

「――はい、じゃあ、次は紙越《かみこし》君、お願いできるかな」

「えっ、あっ！　はい！」

教授に名前を呼ばれて、私は現実に引き戻された。今日は私も発表する日なのだった。

コピーしたレジュメを回している間に気を取り直して、私は口を開いた。

「えっと、紙越です。あの、前ここで喋ったときには、かわいいものの研究とか言ったと思うんですけど、やっぱり考え直して、もともとの予定通り怪談をテーマにしたいと思います……」

周りの反応を窺いながら、私は話し始めた。阿部川《あべかわ》教授も、他のゼミ生も、レジュメに視線を落として聞いている。

「あーっと、まず……怪談にもいろいろ種類があって、大雑把に創作怪談と実話怪談の二つに分けることができます。これは分け方にもよるんですけど、便宜上ここではこうします。実話怪談というのは名前の通り、実際にあったできごととして語られる怪談で、私が興味を持っているのはこれです。とはいっても怪談は普通、〝本当にあったこと〟として語られますから、わざわざ実話と銘打つのは不思議に思われるかもしれません。

ただ、たとえば、これは自分がいま思いついた嘘なんだけど、とかいって怖い話聞かされたらどういう顔したらいいかわからないですよね。わざわざ嘘とは言わないまでも、友達の友達が体験した話なんだけど……とか、皆さんも聞いたことあると思いますが、いかにも本当のように語られながらも、よくよく聞いてみるといつ誰が体験したのか曖昧なまま噂として伝わってるだけだったり、いわゆる都市伝説というのはこれですね。実話怪談はそうではなくて、体験した人も、それを聞いて記録した人もはっきりしてます。その点が伝統的な怪談とは異なります。ネット怪談の場合は匿名が基本なのでちょっと事情が違いますが、それでも、この話はどの掲示板でいつ書き込まれた、みたいな出所が特定できるという点で、都市伝説とは明確に区別できます。

　実話怪談の歴史は浅くて、一九九〇年代初頭から徐々にジャンルが形成されてブームになりました。それ以前だと松谷みよ子が集めた学校の怪談とか、柳田國男の『遠野物語』、江戸時代にさかのぼって根岸鎮衛の『耳嚢』なんかも怪談奇談の聞き書きとしてテイストが近いですが、人づての話や噂も多いので、厳密には違いますね。実話怪談史上重要な作品、というと語弊があるんですが、文献をピックアップすると、以下のようなものがあります……」

　最初はぎこちなかったけど、一度話し出すと調子が出てきた。レジュメに沿って、私は実話怪談ジャンルの概略を説明していった。

「……という感じで、このテーマにしようと思ってるんですが、文化人類学の立場からどういう方向性で行けばいいのか自分でもまだはっきりしてません。まとめきれてないんですが、以上です」

　私の発表が終わると、阿部川教授が口を開いた。

「ありがとう。面白いですね。やっぱり以前から興味があるテーマと言うだけあって、生き生きしていてよかった」

「そ、そうですか」

「質疑に行こうか。コメントがある人はどうぞ」

教授が促すと、ゼミ生が何人か手を上げた。

「紙越さんは、自分では怖い体験したことあるんですか？」

訊かれそうだな、と思った質問が真《ま》っ先《さき》に来た。

「あります」

「どんな体験だったんですか」

「言わない方がいいと思います」

私が答えると、研究室内がざわついた。

「え、それはなんで？」

「なんというか、かなりプライベートなことなので。すみません」

なるべく神妙にそう言うと、ああ……と、なんとなく納得したような空気が流れた。

まず間違いなく訊かれるだろう質問にどう対応するべきか悩んだ結果、私が出した答えがこれだった。我ながら結構ファインプレーだと思う。プライベートだと言っておけば、具体的なことを何も語らずに、それ以上踏み込むのを遠慮させることができそうだと思ったのだ。家庭の事情とか、肉体的精神的な傷とか、語りたくないようなトラウマとか、好きに想像してもらえばいい。彼らのこれまで触れた怪談の中にも、きっとそういう要素があるだろう。それを思い出して、何か事情があるんだなと考えてくれるはず。自分で言うのもなんだけど、こと怪談に関しては頭が回るのだ。

思惑は当たったようで、自然に次の人の質問に流れてくれた。

「あの、実話怪談って言葉にどうしても違和感があって……ごめんなさい、ぶっちゃけたこと言いますけど、怪談って全部嘘なんじゃないですか？」

「どうしてそう思うんですか？」

「どうしてって……あり得ないじゃないですか、幽霊とか」

「まず、怪談は幽霊が出るとは限らないです。特に実話怪談というのは、体験者が遭遇した不可解な物事を、解釈しないで語るのが大きな特徴になっています」

「解釈しない？」

「たとえば、Aさんが寝ていると金縛りになって、枕元に老婆が立って、恐怖のあまり気絶した、みたいな話があるとします。伝統的な怪談は、この老婆を、〝幽霊〟だと言っちゃうんですね」

「幽霊……じゃないんですか？」

「それはわからないです。幽霊、怨霊、地縛霊、守護霊、生き霊、妖怪、睡眠麻痺による幻覚、いろいろ説明をつけることはできるかもしれませんが、そういうのは全部、勝手な

〝解釈〟です。Aさんが体験したのは、ただ金縛り中に枕元に立つ老婆を見たというだけ。その〝あったこと〟を書くのが、実話怪談です」

「それは……面白いんですか？　聞く限り、すごく淡々としてるような。怖くもなさそうな気がしちゃうんですけど」

「起こったことをただ並べるだけだと怖くないです。それぞれの出来事を結びつけたり、ほのめかしたりして、聞き手に想像させると怖くなります。つまり下手な人が語れば怖くないし、上手な人は怖いという、シンプルに技術の話になりますね」

「結びつけたりほのめかしたりは、解釈してることになりませんか？」

痛いところを突かれてしまった。考えながら私は答える。

「それは確かにそうです。もっと正確に言うなら、事実をただ記述するだけということはそもそも不可能なので、何らかの解釈は必ず入りますね……。解釈の有無で実話怪談を定義するのは間違いかもしれません」

「ですよね」

「ただ、怪談に対する私の興味は怖いかどうかじゃなくて……。そのエピソードが、どれだけ知らない世界を見せてくれるか、という部分を優先していたので、そういう意味では、どうやって人を怖がらせるかに心血を注いでいる怪談作家や語り手とは見方が違ったんです。だから……起こった出来事に対して、幽霊とかの、解釈済みのテクスチャを貼り付けるのがすごく嫌だったんですよね。解釈しないというのはそういうことを言いたかったんですけど……」

いつの間にか余計なことを喋っていることに気付いて、私は口をつぐんだ。

「まだあまりイメージできないんですが、紙越さんの言う、なるべく解釈しない怪談というのはどういう形になるんでしょうか」

「そうだなあ、たとえば……」

テーブルを囲む顔ぶれを、私はぐるりと見回して言った。

「前回のゼミに来たとき、この研究室にもう一人いたんですよ」

私に向けられる視線が訝しげなものに変わる。

「男子学生で、ここにいるみんなと同じように座ってました。憶えてますか？　多分憶えてないと思います。特に目立つこともしてなかったので。今日は欠席者もいないと思うんですけど」

「そんな人いた？」

「え、座敷童《ざしきわらし》？」

「いなかったですよそんな人」

口々に声が上がる。私は指を差して言った。

「じゃあ、なんでそこ一つだけ席空いてるんでしょう。こんなギチギチに座ってるのに」

四角形に組まれた長机の一辺、ちょうど私の真向かいに、誰も座っていないパイプ椅子が一つだけ残っていた。肘がぶつかりそうなくらい詰め合った間隔で机を囲んでいる中、その空白はいかにも不自然だった。

ゼミ生が一斉にどよめいた。私が指摘するまで、誰も空席を気に留めていなかったのだ。

室内がまだざわつく中、私は言った。

「もちろん説明はつきます。たまたま誰も、パイプ椅子を片付けて間を詰めようと思わなかっただけかもしれません。でも、皆さんにしてみればなんだか違和感の残る、変な体験ですよね。直接幽霊とか見たわけでもないのに、あれっと思ったり、ぞっとしたり……。とはいえそこまで強烈な体験ではないですから、すぐ忘れると思います。これ面白いんですけど、不思議な体験ってその場ではインパクト大きいのに、スッと忘れちゃうことが多いんですよ。こういうのを丁寧に拾っていくのも、現代の実話怪談の特徴の一つですね」

またゼミに〈Tさん〉がいたらどう対応すべきか考えて緊張していたけど、姿を消していた。他のゼミ生の反応を見る限り、〈Tさん〉のことはみんな忘れているようだ。たぶんあれは本来いるはずのない存在で、私たちが撃退したから〝いなかったことになった〟

のだと思う。

この前私に相談を持ちかけてきた紅森《べにもり》さんも、一緒に肝試しに行ったという他の三人も、私の話に対する反応は他の人と変わらなかった。私を凝視したり、顔色を変えたり……みたいなこともなく、ケロッとした顔のままだ。あのときの紅森さんは〈Tさん〉の媒介する怪談の文脈に乗せられていたんだと思うけど、私が聞かされた肝試しというのは本当に行われたのだろうか。そもそも紅森さんが相談してきたこと自体、現実だったかどうか。

考えている間に、ざわざわが落ち着いて、次の手が上がった。

「話を聞いてると、実話怪談というのは、直接不思議な体験をした当人だけじゃなくて、それを聞いて語る人が重要なんじゃないかと思えるんですが、違いますか？」

「そうだと思います。怪談という大きなジャンル全体にそういう傾向があるんですが、個人の体験をどう語るかという部分がキーになります」

「つまり調査対象者《インフォーマント》と、調査者《フィールドワーカー》がいるわけですよね。聞き取った情報をどう語るのかが問題になるのも含めて、形式としては人類学のエスノグラフィにすごく似てるなと。紙越さんは文化人類学の立場からこのテーマをどういう風に進めるか考え中って言ってましたけど、紙越さん自身が、不思議な体験をした人から聞き取り調査をしたら、それだけでエスノグラフィ書けちゃいません？」

「そうなんですよね、私も最初はそれでいいと思ってました。ただ……」

私は言い淀む。裏世界を知る前の私なら、迷うこともなかったはずだ。実話怪談の中に垣間見える不思議で怖い世界に焦がれて、どこかで自分もその一端に触れられることを夢見ながら、怪談を蒐集し続けていただろう。

ところが私は、裏世界に出遭ってしまった。知られざる世界が本当に存在することを、この上なく明確な形で知ってしまった。

怪談を研究できるかな、という漠然とした思いで志望した文化人類学は、当然、裏世界なんてものの存在を前提にしていない。皮肉なことに私は、研究より先に、求めていた答えを先に見出してしまったのだ。

じゃあ私はここで、一体何をすればいいんだろう？

以前、大学をやめて裏世界の調査でお金を稼いで暮らしていこうかと口走って、小桜に真剣に叱られたことがある。あれは半分冗談だけど、半分は本気だった。

表世界のつながりを残しておかないと命取りになるぞ、という小桜の警告に納得したので、とりあえず大学はちゃんと通うことにしているのだけれど、悩みが解決したわけではなく、どうしようかなあ……とずっと思っている。

「……ただ？」

話の続きを促されて、私は我に返った。

「そうやっていろんな人の体験を集めても、集めるだけで終わっちゃう気がするので。怪談の語り手になるならそれで全然いいんですけど、文化人類学でこのテーマを扱うとなると、なんというか……学問的な芯を通さないと成立しないですよね。事例を集めることで何か見えてくるものもあるのかもしれませんけど……」

私がもぐもぐ答えていると、阿部川教授が言った。

「紙越君はさっき、プライベートなことだと言って自分の体験を語らなかったが、それは文化人類学を選択した理由に関係してるのかな」

「直接は関係ないと思います。怪談を漁り始める前は、別に何も変わった体験はしてませんし」

「怪談の中でも実話怪談にこだわる理由というのはまだ聞かせてもらっていなかったと思うけど、さっき言っていた、知らない世界を見たいという話がそれかな」

「普通に考えたらあり得ないような出来事が、本当にあったこととして語られることに興味を持ったからです。不確かな噂ではなく、実際の体験者がいるというのが心強く思えたので」

「心強いというのは面白い言い回しだね。つまり紙越君は、怪談に語られる不思議な出来事が本当であってほしいと、そう願っていたということかな」

思ったよりも教授が踏み込んでくるのでたじろいだ。プライベートのひと言で引いてくれる他の学生と違って遠慮がない。

「願っていたというより、確かめたかったんです」

「本当かどうかを？」

「そうです！」

他人に触れてほしくない部分に言及されて、つい語気が強くなった。気がつくと、私はほとんど教授を睨み付けていた。さすがに自分でも戸惑って目を伏せる。ただ訊かれているだけだ。喧嘩を売られてるわけじゃない。

教授は腹を立てた様子もなく、それまでと同じ温度感で言った。

「呪術や精霊のような不可思議な領域は、文化人類学の重要な研究分野としてあり続けてきた。だから紙越君のテーマは、決して突飛なものではない。僕も昔、アフリカで本物の呪術を見たよ」

阿部川教授はあっさりとそう言って、そのまま続けた。

「先ほど指摘のあった、実話怪談の形式がエスノグラフィに似ているという話は面白かった。紙越君が自覚しているように、エピソードを収集するだけになってしまうという懸念もわかる。最後に何かしらの結論を取って付ければまあ論文の形にはなるが、もったいないですね。そこに学問としての芯を通すのは紙越君自身がやらなければならないことだから、たっぷり悩んでくれていいですが……そうだな、たとえば最近見た研究に、災害と幽霊というのがあった。東日本大震災の後に語られた幽霊話をきっかけに、被災地の怪談に注目したもので、テーマとしてはケアの人類学の一種ということになるのかな。これも最近関心の高い分野ですね」

「ああ……」

知識としては知っていたけど、私自身は、震災怪談にはあまり興味がない——というか避けている。あまりにも人間的で、読んでいて居心地が悪くなるからだ。私みたいな、怪談で胸を躍らせるような奴には向いていないと、一冊読んで思った。

「歴史的な流れを少し整理すると、妖術や精霊に対する人類学の向き合い方は、まず、西洋人の近代合理主義的な視点から、〝未開〟の部族社会の風習を観察するというところから始まった。アフリカや東南アジアのシャーマンや妖術師が語る精霊の世界は、〝そんなことがあるわけがない〟、非合理的なことを信じている、〝未開人〟の奇妙な風習として受け止められたわけだ。それが後に、植民地主義への反省から、いや、彼らの信仰は外部からは非合理的な迷信に見えるが、彼らの社会の中では合理的な機能があるのだ、という見方が出てくる。西洋文明社会とは異なる理論体系があるのだと」

私は頷いた。一、二年で取った講義で何度も聞かされた話だった。

「こうした見方に、さらに異論が唱えられるようになったのはつい最近、二十一世紀になってからだ。非西洋社会に独自の理論があるというのは、結局のところ〝合理性〟を押しつけているにすぎないのではないかと。これこれの風習には実はこれこれの社会的意義がある……という説明は、西洋社会の人間が飲み込みやすいように翻訳されたものでしかないのではないかということだ。じゃあ一体どう言えばいいのかというと、〝彼らは世界に妖術や精霊が存在すると信じて生きている〟のではなく、〝彼らはまさに妖術や精霊が存在する世界に生きている〟と考えようというんだね。外部から勝手に合理性で翻訳してはならない、そもそも翻訳できないものがそこにはあるんじゃないか、という論だ。さっき紙越君がたとえ話で〝解釈〟について言ったことと似ているかもしれない」

「そう……かもしれません」

「実話怪談について聞かせてもらって興味深かったのは、〝体験〟がすべての根本にあることだね。それだけ見るとなかなかストイックだが、察するに、それを聞いて語り直す人間の、語りの技術が怪談としての重要なパートを占めているんだろう。そこから芸能や創造性の方面に議論を広げることもできるだろうけど、紙越君がやりたいのはそういうことじゃないのかもしれないね。怪談に語られる世界への、もっと率直というか、まっすぐな情熱を感じる」

教授は机の上に開いたルーズリーフのファイルに視線を走らせてから、意味ありげに私に目を戻した。

「ちょうど今、君が興味を持ちそうな〝体験〟がある。そこの空席、紙越君に指摘されるまで僕もまったく気に留めていなかった。不思議に思って出席簿を確認したら、一名分、名前が多いんだ」

えっ、と再び研究室がざわついた。

「なんて書いてあったんですか、名前」

「僕のペンの筆跡だと思うんだが、ぐしゃぐしゃに書かれていて文字の体を成していない。これも全然、気付いていなかった」

薄ら寒い空気が流れる中、教授が笑みを浮かべた。

「なるほど、幽霊なんか見ていなくても怪談が成立するというのがよくわかった。紙越君が、こんなの慣れっこだというような顔をしているのも面白いね」

「え、まあ、はい」

前回まで〈Tさん〉がいたことを一人だけ知っている身としては、どう反応すべきか難しくて困ってしまう。

ゼミ生が静かになるのを待ってから、教授が言った。

「話を戻すと、紙越君の悩みについて一つ言えるとしたら、怪談というテーマだけではなく、そのテーマに興味を持った自分の情熱にも、同じくらい率直に向き合うべきかもしれない」

何を言われているのかわからずに、私は訊き返した。

「えっと……どういうことですか？」

「僕の目には、君は何か隠しているように見える」

私はぎくりとして、何も言えずに教授を見返した。

「隠しているというか、あえて目を向けずにいるというか。それが君の言う〝プライベート〟なことなのかどうかは僕にはわからないし、むりやり語れと言うつもりもないよ。しかし、あるテーマに向かい合うとき、動機の部分をごまかしたままにすると後々苦しくなる。人に語らずとも、少なくとも自分の中では、なるべくそこを曖昧にしない方がいい。なぜ実話怪談なのか、なぜ怪談が本当かどうか確かめたいと思ったのかを考えると、このテーマで何を掘り下げたいのか見えてくるかもしれない」

「………」

「文化人類学というのは、〝異なるもの〟と向き合う学問だ。何かが自分と異なるということは、同時に自分が何者なのかが露わになるということでもある。他者を自分とは異なるものだと思うとき、基準点となる〝自分〟というものは無色透明ではあり得ない。そこが曖昧なまま他者を研究しようとしても、ただ気の抜けた文章ができあがるだけだからね。僕が毎回皆さんに言っているのはそういうことです」

教授は腕時計に目をやった。

「そろそろ時間だね。今日はここまでにしようか。また来週、次の発表者は忘れないようにね。ありがとうございました」

ゼミ生がガタガタと席を立つ。私も筆記用具とノートをしまって立ち上がった。研究室を出ようとしたとき、紅森さんが近寄ってきた。

「紙越さん、この間はありがとうね」

「……え？」

ついまじまじと見返してしまった。紅森さんは少し声を潜めて続けた。

「あの後なんとかなったからもう大丈夫。それだけ伝えたくて」

「え、待って？　なんのお礼？」

「え？」

紅森さんは一瞬、ぽかんとした顔になって、すぐに笑い出した。

「あはは、わかってるでしょ」

とぼけちゃって、とでもいうような、親しげな感じを滲ませてそう言うと、私の肩をぽんと叩いて、紅森さんは先に研究室を出て行った。

廊下に出てみると、紅森さんは足早に遠ざかって、先を行く三人組に追いつくと、談笑しながら去っていった。あれは確か……荒山くん、土井田君、蔡《ツァイ》さん。〈Tさん〉の廃アパートに肝試しに行ったという面子だ。

ゼミでの反応を見る限り、〈Tさん〉のことは憶えていないっぽいけど、肝試しに行った記憶は残っているのだろうか。それで何かが起こって、私に相談した記憶もあるということ？　じゃあ、相談の後で元々いなかったみたいに姿を消してしまったことについては、どう認識しているんだろう？　紅森さんの中でどんな風に整合性が取られているのか想像がつかない。

首をひねりながら、私は大学を出た。

3

なんとなく家に帰る気になれなくて、私はそのまま大学前から駅方面のバスに乗った。漠然と、大きい本屋でも覗きに行こうかと思っての行動だったはずが、車内で頭を占めていたのは、さっきのゼミで言われた言葉だった。

阿部川教授のコメントは、もちろん裏世界の存在を前提にしてはいないから、完璧に的を射たものではない。なのに、なんだか痛いところを突かれたような気分だった。

このところ自分を取り巻く状況に変化が多くて、いろいろなことを保留したまま先へ進んでいる気がする。窓の外を通り過ぎていくバス通りの光景を、見るともなしに眺めながら、私は頭を整理しようとしていた。

君は何か隠しているように見える——という指摘にぎくっとしたのは、もちろん私が裏世界のことを隠しているからというのが最大の理由だけど、ほかにも私が抱えるいろいろな後ろ暗さを、まとめて言い当てられたように思ってしまった。

たとえば、鳥子への感情。小桜の説教。裏世界との関わり方。

霞のこと。茜理《あかり》のこと。

閏間冴月のこと。

裏世界の向こうにいる何者かのこと——。

あらゆる面倒ごとを、私は頭の片隅に押し込めている。収拾の付かないほど散らかったガラクタを押し入れに隠して、部屋が片付いていると主張するみたいに。

確かに、私は隠し事をしている。他人に対してではなく、自分が見ないようにするための隠し事だ。その自覚はある——でも、どこから手を付けたらいいのか、どうすれば手を付けられるのか、さっぱりわからない。

バスが南与野の駅に着いた。上の空のまま、いつもの習慣でバスを降りて、ホームに上がって、はたと気付いた。ここからどうするか何も決めていない。

いつもなら池袋行きの電車に乗って、鳥子と落ち合って、石神井公園や神保町に向かうところだけど……今日は気が進まなかった。一昨日の様子だと鳥子はまだ機嫌が悪いだろうし、わけのわからん理由で一方的にキレられた私も正直まだもやもやしていた。

立ち尽くしているところに、池袋とは逆方向の電車が来た。大宮行きの埼京線。行き先表示を見て、ふと思いついた。そうだ——久しぶりにあそこの様子を見に行ってみようか。今日は一人だし、ちょうどいい機会かもしれない。

私が乗るとすぐに、電車は大宮に向かって動き出した。

南与野から北に三駅の大宮は、大学から一番近い大きな街だから、一年のころは何度も通っていた。鳥子と逢ってからは東京ばかり出歩くようになったので、しばらくご無沙汰だった。他でもない、その出逢いのきっかけになったのが、大宮の廃屋だったのだ。

電車は十分もかからずに大宮に着いた。開発が進んで大きなビルが立ち並ぶ駅の西側とは対照的に、東側は小さな建物や雑居ビルがひしめく昔のままの街並みが広がっている。その東側の、細い道の交差する商店街の一角で、私は足を止めた。

パチンコ屋、ラーメン屋、居酒屋、駐輪場……アーケードに雑然と並ぶ建物の合間に、シャッターの下りた店舗がひっそりと佇んでいる。看板は下ろされ、表には貼り紙の一つもなく、元が何の店だったのかも判然としない。

私はさりげなさを装って建物に近付き、隣の建物との隙間にスッと入り込んだ。横合いのドアの鍵が壊れていて、中に入れるはず。少なくとも、前に来たときはそうだった。

身体を横にして隙間を進み、引き戸に手を掛ける。普通に動かそうとすると引っかかるけど、力を入れて、ちょっと持ち上げるようにしてやると――ほら、動いた。

隙間を通って、後ろ手に扉を閉める。中は意外と明るくて、壁の上の明かり取りから差し込む外光に、私の侵入で舞い上がった埃がきらめいていた。

時間が早いからだろうか。前に見たときはもっと暗かったような気がする。

潰れた店舗のバックヤード。天井も壁紙もボロボロで、壁際には黒く汚れた流しとガス台。部屋の真ん中にはテーブルと椅子のセットが置かれて埃をかぶっている。

久しぶりだ、ここに来るのは。

最後に来たのは、鳥子と出逢ったあの日だ。

ここで裏世界のゲートを見つけて、自分の見つけたものが信じられなくて、本格的に探検する決意を固めるまで何度か通って——二回目だっけ？　三回目？　もう忘れてしまったけど、とにかくあの日、意を決して踏み込んで、くねくねに遭遇して、そして鳥子に助けられたのだ。

最初にこの廃屋に来たきっかけはなんだったか——そうだ、あの頃は、事故物件とかに興味があったんだ。何かでここの情報を見て、実際来てみたら入れちゃって、それで何気なく裏口を開けたら草原が広がっていて……。

すべてがここから始まったのに、蘇る記憶はところどころ曖昧で、他人事みたいだった。

そもそもたった一年前の出来事なのに、ほとんど忘れていたことに驚いてしまう。

あのころの自分と今の自分は、まるで別人のようだ。

かつての自分が何をしていたか、どんなことを考えていたか、もう思い出せない。

対照的に、鳥子と出逢ってからの記憶は鮮明だ。比べてみるとあまりにも差が大きくて、まるでモノクロだった世界が、あの日を境にぱっと色づいたみたいだった。

私は部屋を横切って、裏口のドアに近付いた。

なくなってしまったゲートが、もしかして復活してたりしないかな……と淡く期待しながら、ドアノブに手を掛けて——回す。

そんな都合のいいことは起こらなかった。

ドキドキしながら押し開けたドアの向こうは、やっぱり普通の裏路地。荒れたコンクリートの地面には、室外機から流れ出た排水で大きな水たまりができていた。くねくねのいた沼地を雑に真似たみたいで、なんだか切なくなる。

未知の草原へと続く入り口が、何の変哲もないただのドアに戻ってしまったことを知ったとき、私はものすごいショックを受けていたと思う。ずっと探し求めていた場所への道が、目の前で閉ざされたのだから。

あのとき鳥子は、自分の知っているゲートに連れて行くと言ってくれたけれど、私は拒否した。いいです、大丈夫だから、とか返した憶えがある。何が大丈夫なものか。鳥子がわざわざ大学まで探しに来てくれなかったら、私はあの後どうしていただろう。ゲートを探し続けて肋戸みたいになっていたかもしれない。裏世界を求めて、大学なんか放り出して、どんどん社会から乖離して……。私には充分、そうなる動機も資質もあった。それを考えると、小桜の危惧する気持ちも理解できた。

水たまりに映る自分を見下ろして考えるうちに、ふと、そう言えばこっちのドアから建物に出入りしようとしたことがないなと思った。

路地に踏み出して、アーケードの方に行ってみると、南京錠の掛かった鉄格子で塞がれていた。反対側はと振り向くと、すぐに袋小路になっていて、別の建物の裏口がいくつか。そうか、そもそもこっちから入るのは無理だったのか。初めてここに来たとき、検討くらいはしたんだっけ？　全然憶えてない。

元来た裏口から中に戻ろうとして、私は足を止めた。

ドアが閉まっている。

あれ……？　閉めたっけ？　自分で？

無意識にでもそんなことしそうにないけど……。

不思議に思いながら近付いて、ドアノブを握る。

動かなかった。鍵が掛かっている。

「ええ？　嘘でしょ」

オートロックで閉め出された？　いやいや、そんなちゃんとした機構はついてない、どこにでもありそうな、開いたら開きっぱなしのドアだったはず。それともこのドアも壊れてて、風で閉まった拍子に鍵が掛かってしまったのだろうか。

しまったな。汀の使っていたあのチート道具、なんとかキーについて詳しく聞いておくんだった。

鉄格子の南京錠を銃で撃って吹っ飛ばすとか、映画みたいなことをするわけにはいかないから……いざとなったら路地に面した別の建物の裏口からこそこそ逃げるしかないか。

やっちゃったな、と思いながらもう一度ドアノブを試そうとしたとき、中から声が聞こえた。

(――向こうで誰か見なかった?)

驚いて手が止まった。知っている声だった。

ドア越しでくぐもっていても聞き間違えようがない――鳥子の声だ!

こっそり尾けてきて、悪戯のつもりで鍵を閉めたのか? そう思ったのも束の間、もうひとつの声がした。

(見てない。〈裏側〉で会ったのは、あなたが初めて)

い、い、私の声だった。

何が起きているのか理解できず固まっているうちにも、屋内の会話は続いた。

(そっか)

(誰か探してるの?)

(まあね)

記憶が蘇ってくる。これは私と鳥子が最初に出逢って、裏世界から戻ってきたときの会話だ。表世界に帰還して、非現実感への高揚と、危険な場所から逃れた虚脱感の入り交じった状態で交わした台詞。

ドアを凝視する私の耳に、自分の声が聞こえてくる。

(そういえばさっき言ってたよね——)

なんなんだこれは……？

自分たちの過去の会話を、自分たち自身の声色で聞いていると、ふうっと目眩がして、意識が遠のくような感覚に襲われた。このまま聞いていたら、頭がどうにかなりそうだった。

私の声が、躊躇うような、探るような口調で言った。

(——サツキさん……だっけ？)

衝動的に、私は扉に手を叩きつけていた。

ガン！　立て付けの悪い戸が大きな音を立てて、震えた。

屋内の会話はぴたりと止んだ。路地に反響した音が消えて、張り詰めた静けさが訪れた。

ドアの中からは何も聞こえない。ただ、こちらを窺っているような気配が感じられる気がした。

私はドアに張り付いて、ドアスコープに顔を近付けた。外から中が見えないことは承知の上だ。レンズの前に人が来れば、暗くなるからわかるはず……。

動かずに、息も止めて、しばらく様子を窺ったけれど、中で何かが動く様子はなかった。

ドアスコープからそっと目を離して、もう一度ドアノブを握る。

あっさりと回った。

そう来たか、と思った。また何か、裏世界の企み？　過去の会話を聞かせて何がしたい？　見せたいものでもあるのか？

湧き上がる恐怖を、怒りと敵意で抑えつける。

何のつもりか知らないが、受けて立ってやる——。

息を整えてから、私は一気にドアを引き開けた。


そこに何を見出すかについて、私はある程度予測していた。

あのときの私と鳥子を、裏世界の人間もどきが模倣しているのか。

それとも、声だけで実際には誰もいないのか。

あるいは、密かに私についてきた霞が、声真似でもしていたのか。

今までのパターンからして、そんなところだろうと。

どれでもなかった。全部、違った。

部屋の中、テーブルを挟んで、二人の人影が座っていた。

一人は私だった。一目でわかった——ドッペルゲンガーだ。これまで何度か目の前に現れた、陰気な顔の、私の似姿。

もう一人は、長い黒髪に眼鏡を掛けた、黒衣の女だった。

「閏間……冴月」

女の名前が口からこぼれ出た。

戸口で立ちすくむ私に、二人は目を向けなかった。

ドッペルゲンガーは両手をテーブルの上に載せて、対面の女をじっと見つめている。

閏間冴月が右手を差し伸べて、ドッペルゲンガーの頬に触れた。私の頬に。それでもドッペルゲンガーは動かない。青く輝く女の瞳を、魅入られたように覗き込んでいる。

私はバッグを手探りして、マカロフを抜いた。

足元にバッグが落ちる。埃が舞い上がる。一瞬だけ視線を下に向けて、スライドを少しだけ引き、装塡を確認した。自分の影で手元が暗い中でも、薬莢の鈍い輝きは目に入った。

視線を戻す。二つの人影の様子は変わっていなかった。

安全装置を外して、閏間冴月に銃口を向ける。二人ともいっさい反応しない。私のことが見えていないみたいだった。

右目に意識を向けても、二人の姿は変わらない。そのままだ。

これはどういう〝現象〟なんだ……？

そのとき唐突に、電話の音が鳴り響いた。

――私のスマホだ。

場に相応しくない呼び出し音が、廃屋の中に響き渡る。

ズボンのポケットから取り出して、ちらりと見ると、鳥子からの着信だった。

ドッペルゲンガーも、閏間冴月も反応しない。右手の銃をそのままに、左手で電話に出た。

「は……はい」

「あ、空魚。今いい？」

「あ、うん」

反射的に答えてしまった。いいわけないけど、後の祭りだ。

こちらの状況を知るはずもない鳥子が、電話の向こうで神妙な声で言う。

「ごめんね、この前。いきなりあんな怒っちゃって」

「や、なんも、ていうか、うん、いいよ別に」

気もそぞろに私は言った。目の前の情景と電話の会話がまったく嚙み合わず、頭が混乱する。

「ううん、よくない。聞いてほしいの」

真剣な声で鳥子が言った。

「あのね、私、二人で経験できる……いろんなこと、できるだけ逃したくなくて」

「それはまあ、知ってる」

「うん、その理由なんだけど――」

しばらく言葉を途切れさせてから、意を決したように鳥子は続けた。

「今まで私の大事な人、みんな、いきなりいなくなっちゃったから」

「……ああ」

ご両親とか。

閏間冴月とか――。

「だから、後から、あのときああしとけばよかったってもう後悔しないように、何か一緒にできるチャンスがあったら絶対逃さないようにしようって」

「そうなんだ」

「それがあって、空魚の誕生日も今年はちゃんとお祝いしたかったの。去年は聞くタイミング見失って、いつの間にか時間経っちゃったから」

鳥子の声が揺れて、私は動揺する。

「なのにまた聞きそびれて、もう過ぎてて、すごくショックで……」

「ねえ、泣かないで」

「泣いてないけど……」

スンと鼻を啜って、咳払いをして、鳥子が言った。

「それでこの前、取り乱しちゃった。ごめんね。謝りたくて――それだけ」

電話の声に耳を傾けながら、私は目の前で向かい合う二つの人影を見つめた。

鳥子。あんたの過去の〝大事な人〟は、いま私の目の前で、私にちょっかい出そうとしてるよ。

私とあんたが目の前で電話してるのに、気付きもしない。

あんたのことなんか考えてないよ、この女。

「わかったよ、鳥子」

私は言った。

「こっちこそごめん。私の誕生日が、鳥子にとってそんなに大事だってこと、全然気付いてなかった」

「…………」

「私はあんまり、そういう記念日的なやつ興味ない人間だからさ」

「フフッ。知ってる」

笑い混じりの声で鳥子が答える。

「鳥子の誕生日も……今は憶えてるけど、もしかするとうっかり忘れちゃうかも。それもごめん」

「ちょっと、先に謝らないでよ」

「でも一つだけ、はっきり記憶してる日があってさ」

「なに？　いつ？」

「五月十四日。私と鳥子が出逢った日」

「…………」

「憶えてる？」

「もちろん」

鳥子がすぐに答えた。

「私にとっては、あの日が誕生日みたいなものなんだと思う」

「え……」

「実際あの日より前のこと、あんまり憶えてないんだよね。だから……明後日じゃん、五月十四日って。それを記念日ってことにしようよ。そしたらお祝いしてもらえるでしょ」

「…………」

「どうかな」

「空魚……」

鳥子の声が震えていたので、私は焦る。

「だ、だめだった？」

「だめじゃない……！」

鳥子が大きな声で言った。

「だめじゃない。嬉しい。ありがとう」

「そ、そう？　よかった」

そんな感激することかな。

「でも！　それはそれとして誕生日もお祝いするからね」

「あ、はい」

確固たる意志の込められた宣言に、つい頷いてしまう。

「じゃあ、それで……。詳しいことは後でもいい？」

「うん。あ、いま外だった？」

「まあ、うん」

「オーケイ、それじゃまた後でね」

通話が切れた。さっきまで泣きそうだったとは思えないほど鳥子の機嫌がよくなっていたので、よかったなと思った。

で……問題はこっちだ。

スマホをポケットに突っ込んで、また両手でマカロフを握り直した。通話している間ずっと右手だけで閏間冴月を狙っていたので、もう腕が限界だった。

「……今さら何しに化けて出てきたの」

私は呟いた。

「もう人間じゃないでしょ。抜け殻なんでしょ。裏世界のエージェントだか、インターフェースだか、なんだか知らないけど――その姿はやめてくれない。だって、鳥子が……」

少し躊躇ってから続ける。

「……鳥子がかわいそう」

私がそう言ったときだった。

ウルトラブルーの瞳だけが、眼鏡の下で動いた。閏間冴月の流し目が、私を見た。

「本当にそう思う？」

ぞおっ、と背筋が粟立った。その声！　低く落ち着いて、深く、穏やかで、痺れるような声。潤巳るなのように特別な力も乗っていないはずなのに、それ以上の凄みを感じる声。人を支配する女の声だ。

反射的に引き金を引いていた。

カチン！　撃鉄が金属を叩く硬い音が響き渡った。

……不発だ。

虚を衝かれて、私は銃を見下ろした。そのはずだった。妙なことに、私の手に銃はなかった。視界にあるのは埃の積もったテーブルの天板だった。

再び顔を上げたとき、私は閏間冴月と正面から向かい合っていることに気付いた。

いつの間にか私は、ドッペルゲンガーのいたはずの場所に代わって座っていた。最初から銃なんか抜いていなかったみたいに、両手は机の上にあった。

閏間冴月の手が、私の頬に触れた。

驚愕に凍り付く私に顔を近付けて、閏間冴月が言った。

「本当にそう思うの？」

ファイル 22

トイレット・ペーパームーン

1

「本当に、そ、う、思、う、の？」

テーブルの向こうに、閏間《うるま》冴月《さつき》が座っていた。

長袖の黒い服。艶やかな黒髪。縁の太い眼鏡の奥で輝くウルトラブルーの瞳。

差し伸べた右手が、そっと私の頬に添えられている。

動けなかった。

手を払いのけることもできずに、私は固まっていた。

会うのは初めてではない。この女とは――この女の姿をした存在とは、何度も相まみえてきた。あるときは平面的なヴィジョンとして。あるときはただ濃厚な気配として。

そしてあるときは人間らしさのかけらも残っていない、怪物として。

今回は、過去のどれとも違った。

目の前の女は、おそろしく人間らしかった。

つい数秒前まではマネキンのように固まっていた人型に、急に命が吹き込まれたみたいだった。薄皮を一枚残すくらい繊細な位置に置かれた手のひらが、私が浅く息をつくたび、頬に触れる。ぞくぞくする感触が皮膚を走り抜け、背中を駆け降りる。人の肌の匂いと、体温が伝わってくる。

「閏間……冴月……」

かろうじてそう口にすると、女は肯定するように目を細めた。

「紙越空魚《かみこしそらを》さん」

名前を呼ばれて、殴られたようなショックを受けた。思わずすごい勢いで身を引いていた。背中で椅子が軋む。

手を宙に残したままこちらを見つめる閏間冴月を、私は睨み付けた。

「今さら……何をしに来たんですか」

食いしばった歯の間から言葉を絞り出した。

「逢いに来たの。あなたに」

表情は変わらないままに、面白がるような響きの声だった。

「どうして」

「あなたに興味があって」

「私は興味ない。いなくなって。今すぐ」

「いなくなって？　面白い言い方をするのね」

閏間冴月が腕を下ろした。テーブルの表面は、古いチラシや請求書の類が湿気って貼り付いている上に、分厚い埃で覆われている。なのに汚れることを気にする様子もなく、ためらいなく手を置いた。それで少し気を取り直すことができた。この振る舞いはおかしい。少なくとも、いま目の前にいるのは、正気の人間じゃない。

状況を把握しようと、自分の手元に視線を落とした。私の両手もテーブルの上に置かれていた。ドッペルゲンガーがそうしていたのとまったく同じように。

私の銃はどこに……？

横目で見ると、さっきまで私が立っていたはずの場所にバッグが落ちていた。床に横倒しになって、開いた口から中身が覗いていた。垣間見える黒光りする金属は、間違いなくマカロフだった。確かに抜いたはずなのに。どこから現実で、どこからが――？

混乱する私に、女が言った。

「私のことは聞いてる？」

答えずに睨み返したけど、閏間冴月は動じる様子もない。

「聞いてない」

「聞いてないの？」

「言ったでしょ、興味がないって」

ひと言ひと言に込めた渾身の敵意が、底の知れない微笑みに飲み込まれる。

私の全身全霊が、けたたましい警報を鳴らしていた。

だめだ。この女と喋ってはいけない。

こいつは魔物だ。

黄昏どきの道を向こうから来る知らない影。真夜中に玄関の戸を叩く音。荒れ果てた廃墟で明るく声を掛けてくるもの。

そういうものに、人間は関わってはならないのだ。

話しかけられても応えてはいけない。顔を見るだけでも障りがある。

見えないふりをして、何を言われても無視して、顔をうつむけてやり過ごすべきなのだ。

この女は、そういう存在だ。

たとえ生きて動いている人間でも、存在が根本的にそうなのだ。

わずかに言葉を交わしただけでもそれがわかった。

だって——。

自分でも認めたくない事実を自覚して、私は戦慄した。

だって、こいつをあれほど嫌がって、興味を持たないようにしていた、この私が。

わずかに言葉を交わしただけで、この女に魅かれはじめている！

それを感じ取ったかのように、閏間冴月が言った。

「私は逢いたかった。紙越空魚さん」

「名前を呼ばないで」

反射的に答えてしまった。

「どうして？　素敵な名前なのに」

「あなたに——そんなに気安く、呼ばれる筋合いないから」

「もう何度も逢ったじゃない」

引き込まれるような微笑み。異常な状況、異常な相手、それを理解していてもなお。

小桜《こざくら》が閏間冴月を表現した言葉を思い出す。〝寄ってくる人間を片っ端から魅了して、都合よく利用する、生まれながらのアルファ・フィメール〟——。

それが何を意味しているのか、私はちゃんと理解していなかったのだ。

ただそこにいるだけで人を支配できる、そういう女が存在するということを。

第一位のメス《アルファ・フィメール》。もともとは動物行動学の用語だ。群れの頂点に立つメスの個体。今、私の目の前にいるのは、そういう女だ。

「少しお話しましょう?」

「話すことなんかない――」

「そのドア、使えなくなって残念ね」

私の抵抗を無視して、閏間冴月が言った。

「せっかく見つけた入り口。あなた一人で頑張ってたのに」

知った風な口を利かれてムッとする私に向かって、女は続けた。

「神保町のエレベーター、便利に使ってるみたいでよかった。あそこ、梯子が長くて大変でしょう」

「………」

骨組みビルの床をぶち抜いて地上までのショートカットを作ろうという計画は、ゴールデンウイーク中に実行に移した。せいぜい一週間かそこら前だ。そのことを口にしないということは、すべてお見通しというわけではなさそうだ。

目の前の女をどう見なすべきなのか、私は必死で考えていた。

　こいつはまだ生身の人間か？　完全に変質してしまった第四種接触者か？　それとも、私の脳にそう見えているだけの〝現象〟か？　これまで私の前に現れた「閏間冴月」は、いま私が話しているのと同じか？　裏世界のさまざまな存在が「閏間冴月」の姿を借りていただけだったのか？

　右目に意識を向ける。隠された姿が露わには……ならなかった。少なくとも、見たままの姿をしている。つまり、生身の人間に見える。

　人間らしい人間の姿に——。

　口を閉じて睨んでいると、閏間冴月が小首を傾げた。長い黒髪がさらさらと流れる。

「何か訊きたい？」

　何を訊いても答えてくれそうな、深く柔らかい声。人を教え導き、諭《さと》し、そしてどこか遠くへ連れ去る者に相応しい声の響きに、ぐらりと来る。

　閏間冴月は家庭教師をやっていたと聞いた。鳥子《とりこ》も、茜理《あかり》も、それで知り合ったのだと。そうやって引っかけた子が何人いたんだろうか。

　茜理が猫の忍者に狙われたのは、「閏間先生」にもらったお守りがきっかけだった。私と鳥子が介入しなかったら、あの後どうなっていたのか。本当は鳥子も同じように、何かの方法で陥れられるところだったのかもしれない。途中で「閏間先生」が失踪したから実行されなかっただけで。

私は口を開いて、ストレートに訊ねた。

「あなたは何？」

「私は閏間冴月」

「本人？」

「あなたは紙越空魚本人？」

淀みない口調で反対に訊ねられた。意表を衝かれて口ごもる。閏間冴月は私を真顔で見つめている。混ぜっ返したり、からかっている感じではない。

「……そのつもりだけど」

「山に行く怪談があるでしょう」

「………？」

「山に行って、山に呼ばれる。呼ばれて、また山に入って、もう帰らない」

「あるけど」

「帰らなかった人はどうなる？」

「さあ。死ぬんじゃない」

「生き死には問題じゃないの、そこまで到達したら」

眉をひそめる私に、閏間冴月は微笑んで言った。

「山の構成要素はなんだと思う？」

「……木とか」

ろくに考えずに答えた。山と聞いて私がイメージするのは、地元の秋田の山々の、一面が緑に覆われている姿だ。

「もし木に知覚があったとしても、自分を山とは思わない。一本の木としか思わないでしょう。それと同じ。山に入った人も、どんな精神状態だったとしても、人のまま。でも、風にざわめく木。石。鳥。岩盤を覆う土壌の一粒一粒。ねぐらに潜んで息を殺す獣。褶曲した地層に眠る古代の貝殻。蜘蛛の巣に降りる朝露。遺体を分解する菌類や土壌生物群。個々の要素はどれも山ではないけど、山はそういうもので構成されている。山に呼ばれた人も同じこと。生きていようが、死んでいようが」

手を持ち上げて、五指を揃えて自分を指した。

「私もそう」

その手首が胸の前でくるりと返り、私に向けられる。

「あなたも」

私は激しく首を横に振った。

った。

「私はあなたとは違う!」

思わず叫んでいた。まるでその言葉を待ち構えていたように、閏間冴月の唇が吊り上がった。

「いいえ、同じ」

「違う。私は違う」

「やっぱり、ちゃんとわかっているみたい」

怯んだ瞬間、テーブルの向こうの女が伸び上がって大きくなったみたいに見えた。いつの間に立ち上がっていたのか、のしかかるように顔が近付いてきて、私の顔の数センチ手前で止まった。

「前に約束したの、憶えてる?」

「何を——」

女の両手が伸びてきて、頰をかすめ、耳を撫でながら通り過ぎ、後頭部の髪を梳いた。大きな手。長い指。目の前で唇が開く。

「あなたも一緒に、お山に連れていきましょうね」

血の気が引いた。やられる！

手を逃れようと思い切りのけぞった。椅子がバランスを崩して、私は背中から床に倒れ込んだ。仰向けのまま肘で這って遠ざかる。テーブルの天板に遮られて、閏間冴月の顔は見えない。椅子の脚の隙間から、黒衣の下半身だけが見える。

床のバッグを手探りする。マカロフのひんやりした感触を探り当てて引きずり出した。両手で構えて、テーブル越しに狙いを付ける。

このまま撃とうかと思った。マカロフの弾は、こんなテーブルくらい簡単に貫通するだろう。ただ、ここが表世界で、壁一枚向こうに人が歩いているという事実が頭をよぎって、最後の最後で引き金を引く指が止まった。

銃口を相手の方向に向けたまま、慎重に身を起こす。テーブルの縁を越えて、女の姿が目に入り——

そのままの体勢で、十秒は経過しただろうか。私はゆるゆる銃を下ろして、止めていた息を吐き出した。

閏間冴月はいなくなっていた。代わりに、カーテンかテーブルクロスか知らないけど、焼け焦げて、煤で真っ黒になった大きな布が、無造作に椅子に掛けられていた。そんなもの、そこには絶対になかったはずだ。

しばらくそれを見つめてから、私は倒れた椅子を蹴飛ばした。八つ当たりされた罪のない椅子が、私の半端な脚力で、吹っ飛ぶでもなく床を滑り、壁で止まった。

「くそ……！」

口から罵声が漏れる。めちゃめちゃに腹が立っていた。

くそ、くそ、くそ。馬鹿にしやがって。

あの女。ああいう手口で人をたらし込んできたのか。

いや、手口とかじゃない。距離感とか、ボディタッチとか、態度とか、そういうのはおまけだ。あいつは人間というより、虎とかライオンとか、ブルドーザーとか、そういう存在に近い。いくら意志を強く持とうと、全力で抵抗しようと、あいつの前に立ったら意味がないんだ。

マカロフの安全装置をかけて、床のバッグからはみ出したホルスターを拾う。銃を収めても、煮えくりかえるはらわたの熱は収まらない。

あいつは私を支配しようとした。

何よりもショックだったのは、いつの間にか私自身がそれを望みかけていたことだ。

一番腹が立つのはそれだった。この私が……。

気がつくと、廃屋の中はもう薄暗くなっていた。バッグを拾い上げて埃をはたく。今日は探検装備ではなく普段着で来てしまったから、自分の身体も汚れているはずだけど、照明のないここではよく見えない。

よくわかった。確かに、閏間冴月はアルファ・フィメールと形容するに相応しい女だ。

女という獣の群れのボスになるべくしてこの世に生まれた人間だ。

裏世界の深みに落ちて、人ではなくなってからも、それは変わらないのだろう。

本来なら、知ったことじゃない。興味もない。私や鳥子に関わらない限りは。

潤巳《うるみ》るなのカルトの一件で遭遇したときは、化け物に成り果てていたし、鳥子も愛想を尽かしていたから、もう縁が切れたと思ったのに。

でもこうしてまた現れて、人みたいな口を利いてちょっかいをかけてくるようなら、こっちもそれなりの対応をすることになる。

「くそ……」

私はもう一度呟いた。

仕方ない。こうなったら選択肢は一つだ。

閏間冴月を、殺すしかない。

2

かわいい服着てきてね、というのが鳥子のオーダーだった。

楽しみにしてる、と言い添えて逃げ道を塞がれたので、私は本当に悩むことになった。

——ホテルビュッフェって何着ていけばいいんだ？

五月十四日、二人の出逢った記念日。

ラブホ女子会の件で鳥子は学習してしまったようで、大宮で電話した翌日には、もう場所も時間も決まっていた。京王プラザホテルのディナービュッフェ。コース料理で二人、十九時からで予約済み。

でも高級ホテルでディナーとかめっちゃ高いんじゃないの？　私たちまだ学生だし、分不相応じゃ……などと無益な抵抗を試みた私に、鳥子は無言で予約画面のスクショを送ってきた。あれ、意外とお値頃。

「空魚がまたぐだぐだ言い始める前に決めた。いいよね？」

「あ、はい……」

「楽しみだね」

「そうですね」

「ちゃんとしてよ。家まで迎えに行こうか？」

「いい、いい。大丈夫。行くから」

「よし」

何もよしではない。ホテルのウェブサイトを見るとドレスコードの項目があって、わあ助かる、と思ったら、「Tシャツ短パンはやめろ」くらいしか書かれていなかった。

いつも通りネットに頼って調べてみると、フェミニンコーデ、モードコーデ、カジュアルコーデ、古着コーデなどなど、女の子っぽい着回しがいろいろ出てくる。恐ろしいことにすべてピンと来ない。何一つ。かろうじて自分に似合いそうだと思えるのは、パーカーとか、アウトドア系のスタイルくらいだけど、いくらなんでもホテルのレストランに相応しくないのは私にだってわかる。

鳥子の影響で昔に比べるとファッション知識は格段に増えたし、一緒に街に出かけるときは、自分なりに頑張ってみてはいるのだけれど。そういうのは付け焼き刃に過ぎなかったということが、こういう、ちゃんとした格好を要求されたときに露呈してしまう。

数少ない服を並べてうんうん唸って、まあこれなら無難かな……と思える組み合わせに辿り着いたのは、当日になってからだった。ワンピースにカーディガンを重ねただけのめちゃくちゃシンプルなコーデ。どっちも以前鳥子と出かけたときおすすめに従って買った服だから、少なくともひどい間違いはしていないはず。これでどんだけ悩んだのかと思うと馬鹿みたいだ。もう自分で考えずに服屋に行って、適当なマネキンの着てるやつそのまま買ったほうが早かったのでは……？

もう一つ困り果てたのが鞄だった。いつもリュックにトートにサコッシュと、実用性を重視したバッグしか使っていないし、それで充分満足していたのだ。でもこの場合は多分違うんだよな。それなりにかわいいやつを合わせないと変な気がする。

後に回すとリカバーが難しそうだったので、早々に使いやすそうなものを通販で買ってしまった。タブレットが入るサイズの、シンプルな革製のショルダーバッグ。翌日届いたやつを開けて、マカロフがちゃんと収まるのを確認したので、もうそれでよしとした。

メイクはいつも通り最低限……こればっかりは頑張る気になれない。何しろ隣にいるのがあの鳥子なのだから、いくら気合入れたってなあ、という気持ちになってしまう。以前何かの機会にそう言ったら、悲しそうな顔をされてしまった。メイクはそういうものじゃない、とのこと。人と比べてどうこう考えるのがよくないというのは、まあわかるけど、今のところモチベが湧かない。高校まで顔に付けるのはリップクリームくらいという生活だったので勘弁してほしい。

出かける準備を整えて、ユニットバスの小さな鏡で確認する。何もわからん。いっさい確信が持てない。これでいいのだろうか。何か見落としてるんじゃないか？　考えすぎだろうか……。

いいや、もう。行くべ行くべ。

面倒になった私は考えるのをやめて、出かけることにした。

そして玄関で見落としに気付いて顔を覆った。

靴……。

知らん！　もういい！

一人で逆ギレした私はいつものスニーカーに足を突っ込んで、憤然と外に出た。

時間に余裕をもって家を出たはずなのに、結局ぎりぎりになってしまった。途中で冷静になって、さすがにいつもの靴そのままはよくないかなと思ったので、ウェットティッシュを買って駅のトイレでスニーカーを拭いていたせいだ。

待ち合わせ場所の、ホテル二階のロビーに駆け込んでいくと、鳥子がソファから立ち上がって私を迎えた。

「ごめん、遅くなった」

「ううん、ちょうどだよ」

今日の鳥子は丈の長い黒レースのワンピースで、白に近いくらい淡い水色のジャケットを、袖を通さず肩から羽織っていた。手袋は両手につけていて、これも黒。手の甲の途中までしかない、ハーフグローブ?とかいうタイプだった。左手の透明な部分が隠し切れてないのは、あえてそのままにしているようだ。耳には銀色のピアスが光っている。私の視線を感じてか、鳥子が軽く両腕を広げてみせた。

「どう?」

「いいじゃん」

素直に答えたら、鳥子はへらっと照れ笑いをした。

「空魚も。ちゃんとかわいい服着てきてくれた」

「変じゃない?」

「どこも……」

鳥子の視線が上から下に降りていって、靴で止まった。ああー、やっぱり見逃してくれなかったか、と思ったら、鳥子が思いがけずにっこり笑った。

「やっぱりそうなるよね」

「え?」

「私も、靴すっごい悩んで」

見ると鳥子の足元は、くるぶしまでのレザーのブーツだった。おしゃれだけどパンプスやサンダルではない、しっかりした靴だ。

「ヒールある靴履けなくなっちゃった。いつ裏世界に迷い込むかと思うと……」

「……だよねー」

単に気が回らなかっただけだということをおくびにも出さずに、私は深々と頷いた。

「じゃ、行こっか。エレベーターだよね？」

「この階だよ」

「あれ？　展望レストランとかじゃなかったっけ」

「ここのビュッフェは二階。だからそこまで構えなくていいって言ったじゃん」

「あ、そう……」

夜景の見えるすごい高級店を勝手に想像していたので拍子抜けする。その隙を突くように、鳥子が自然に手を伸ばしてきたので、普通に繋いでしまった。

二人でロビーからレストランに向かって歩いていると、ニコニコしながら鳥子が顔を寄せてきた。

「空魚」

「ん？」

「忘れてたんでしょ、靴」

「……………」

「今度買いに行こ。かわいくて動きやすいやつ」

「よろしくお願いします」

「オーケイ」

楽しそうな鳥子を見ていたら、なんだか胸の奥がぎゅうっと切なくなった。なんだろうこれ。変な感じだ。

この感覚が強まったら、泣き出してしまうんじゃないかという気がした。

レストランの入り口で鳥子が予約を告げて、席に通される。確かに、いい雰囲気だけどそんなにお堅い感じじゃない。ビュッフェテーブルに料理を取りに行く人が店内を行き交っている。

「私たちも行く？」

「コースだから、最初に前菜が来るよ」

「あ、そっか」

最初の飲み物は二人ともスパークリングワインを頼んだ。前菜のプレートと一緒に来たので、さっそく二人でグラスを触れ合わせる。

「えーと、じゃあ」

「出逢って一年おめでとう！」

「おめでとー」

おめでとうでいいのかな？　まあいいか。

甘く泡立つ冷たいワインが喉に流れ込んでくる。

一息ついて、改めて顔を見合わせた。

「はー。経ったねえ、一年」

「うん」

「信じられない」

「どの辺が？」

「すごく長く感じた。これで一年しか経ってないなんて嘘でしょって感じ。鳥子は？」

「私もそうだなあ」

「子供のころって一年がすごく長かったじゃない。あれよりも更に長かった」

「わかる。あれってなんなんだろうね」

「子供って見るもの聞くもの全部新しいから、情報の密度が濃いのかも。成長して知ってることが増えると、それが薄まって――」

「脳の負荷が減るから時間が速く過ぎる？」

「んじゃないかなあ」

「ってことは……子供が時間を長く感じるのは、パソコンが重くなるのと同じってこと？」

「え、ていうか、まさにそうなんじゃない？　入ってくる情報の処理が追いつかないから、時間が遅く感じられるのかも」

「じゃあ、この一年は子供のころ以上に脳が頑張ってたってことだ」

「いやー、頑張ってたと思うよ。わけわからんもん裏世界」

「脳に悪い！」

「悪いね、脳に」

二人でくすくす笑い合った。この一年でとんでもなく異常な経験をしてきたのだ。ここにいる誰も、私たちのような人生は送っていない。そう考えると、大人の目の届かない場所で悪戯をしているような、後ろめたさと優越感の入り交じった感覚がこみ上げてくる。

桜エビと百合根の前菜をつつきながらそうやって話していたら、最初の一杯はすぐ空になった。

「空魚は次何飲む？　私は白かな」

「何食べるか次第かなあ。料理ってもう取ってきていいの？」

「うん。お先にどうぞ」

「じゃ、行ってくる」

ここの店なら二人で席を立ってもまあ大丈夫だとは思うけど、バッグに銃を忍ばせている身なので、万が一何か起こったときが怖い。私たちは交替でビュッフェテーブルに行って料理を物色した。

揚げたての天ぷらとか、ムール貝とか、フォアグラの苺ソースがけとか黒豚と山菜の味噌焼きとかトムヤム麺とか、欲望のまま皿に取ってきた。鳥子は鶏肉の唐辛子炒め、砂肝と筍のガーリック風味、たっぷりの生ハムなどなど、やたら肉が多めだったけど、ちゃんとシーザーサラダや野菜の湯葉巻きなんかも取っていて、全体として小洒落た感じにまとめることに成功していた。お酒は二人とも白のグラスワインにした。

鳥子は楽しそうだけど、なんだかずっとそわそわしているようだった。何か言おうとして思い直したような、ぎこちない間も目立つ。私は私で、頭の片隅に、閏間冴月をどうするかという問題がずっと居座っていたので最初はわからなかったけど、鳥子がときどきふっとよそを見たり、黙り込んだりするのでだんだん気付いた。

何か大事な話がしたいんだろうな、と思った。

この記念日に、おめかしして、私を改まった場所に連れ出したんだから、何か意味があるんだろう。

大事な話というのはつまり、好きとか、付き合おうとか……そういう系だ。

そのくらい私だって察する。

でも、それを言われたら、私は閏間冴月の話をしなきゃならない。またあいつが戻ってきたことを伝えなきゃならない。

嘘はつけない……つきたくない。ついても私のことだから、どうせバレると思う。前にもバレてたし。

実際これに関しては、私ひとりで抱え込むなんて無理だ。秘密を墓場まで持っていくなんて言い回しがあるけど、いや無理無理。閏間冴月の失踪は、鳥子の深いところにまで根を張っている。あの女が戻ってきたことを内緒にしたまま、私たちこれからどうする？なんて話はとてもできない。

ああ、嫌だな。

閏間冴月の話を持ち出したら、この綺麗な顔が曇って、また泣いちゃうんだ。

今日のお祝い、ずっと楽しみにしてただろうに。

どの面下げて戻ってきたんだあの女。ほんと許せないな。

鳥子を泣かせたくない。

でも言わなきゃ。

私は残酷なんだろうな……。

「空魚、何か考えてる？」

鳥子に訊かれて、私は答えた。

「考えてる」

「なに？」

「うーん……いろいろ」

「いろいろじゃわかんないよ」

「いろいろは……いろいろだよ」

「ふーん……」

水を向けられたから、もういっそ話してしまおうかという考えが一瞬頭をよぎったけど、鳥子がそれほど熱心に追求してこなかったので、その機会は失われた。

二杯目がもうすぐなくなりそうだ。グラスの縁越しに鳥子の様子を窺っていると、向こうの方が先に自分のお酒を飲みきった。テーブルに空のグラスを置くと、思い切ったように口を開く。

「ちょっと……空魚に訊きたいことがあるんだけど」

「う、うん」

身構える私に、鳥子は緊張の面持ちで続けた。

「最近、私の家に来た？」

「…………へ？」

予想していなかった質問に、間抜けな声が出る。

「いや……行ってない」

「……だよね、やっぱり」

「なに……え、何の話？」

「あのね、空魚が来たんだよ、夜」

「来た？　夜？　いつの？」

「おととい」

「行ってないけど……」

一昨日というと、大宮の廃屋で閏間冴月に遭遇した日だ。

「夜中の二時三時くらいだったかな、ふっと目が覚めたの。人の気配がしたから、うわっと思って、見たら部屋の中に空魚が立ってた」

「いや立ってない立ってない、そんなわけない」

「私もここに来るはずないよなって思ったんだけど——ベッドからちょっと離れた半端なところに立って、黙って私を見下ろしてた。すごいびっくりして、とりあえず起き上がって、どうしたのって訊いたのね」

「そしたら？」

「うつむいて答えなかった。それがなんか、すごく雰囲気が暗かったのね。落ち込んでるっていうか、ガックリしてるっていうか」

「怖……」

「後から考えると怖いはずなんだけど、そのときは全然そう思わなかったんだよね。空魚がしょげてる、どうしたんだろ、大丈夫かなって」

「そ、そう」

どう見ても怖がるべき状況でなぜか恐怖が欠如するという反応は、実話怪談あるあるだ。これがそのパターンなのか、はたまた鳥子の優しさなのか判断に困って、私は曖昧な相槌を打った。

「それで、どうしたの」

「何か話しづらいことがあるのかなって思って……こっちおいでって言ってみたのね。そしたら素直に近付いてきたから、布団持ち上げたら、入って来て……」

「は⁉」

「そのまま添い寝して、頭撫でて――」

「オイオイオイちょっと、ちょっと待ってよ」

「次に気付いたら朝だった。空魚はいなくなってて、夢だったのかと思ったけど、床とシーツが黒っぽい埃で汚れてたから……あとちょっと空魚の匂いが残ってたし」

「おまえさあ！」

ついに面と向かっておまえ呼ばわりしてしまった。鳥子はハッとした顔で私を見返す。

心なしか目がキラキラしてる――なんかときめいてないかこいつ⁉

「な、なんで今まで黙ってたの？」

私が訊ねると、鳥子はばつが悪そうに首をすくめた。

「夢だとしても、ちょっと都合がよすぎて恥ずかしかった……」

――そうでしょうね‼

頭を抱えてしまった私に、鳥子が念を押すように訊ねる。

「来てないんだよね？」

「行ってないよ……」

「そっか。でも裏世界がらみの何かにしては嫌な感じがしなかった、ていうか空魚本人としか思えなかったんだよ。確かに雰囲気はいつもと違ったけど、でも……」

鳥子が言葉の途中で言いやめて、私の様子に首を傾げる。

「もしかして、何か心当たり、ある？」

「……それ、私のドッペルゲンガーだと思う」

「ドッペルゲンガー……ってなんだっけ」

「もう一人の自分。いないはずの場所で自分を見たって言われたり、自分を直接見ちゃったりするやつ。昔から言い伝えのある現象で、自分のドッペルゲンガーと対面すると死ぬとかいう話もあるね」

「怖い話じゃん！」

「まあ、そう」

「それにしては……あんまり驚いてないみたいに感じるのは、私の気のせい？」

「いや、私何回か見てるんだ、それ」

「え⁉　初耳！」

「お客様、お飲み物何かお持ちしましょうか？　お水もございますが」

「あ、じゃあ、赤のグラスワインください。空魚は？」

「あ、同じのを……」

「かしこまりました」

店員さんが去っていって、私たちは顔を見合わせた。

「声大きかったかな」

「そうかも……。料理取ってきていい？」

「あ、うん」

気を取り直すにはちょうどいいタイミングだった。また二人、ビュッフェテーブルまで往復して、グラタンとか、パエリアとか、ビーフカレーとか、赤に合いそうな重めの品を中心に取ってきた。

席に戻って、仕切り直すように乾杯する。

「それで——何回か見てるってどういうこと？」

ローストビーフを嚙る合間に鳥子が言った。シェフが目の前で塊から切ってくれるタイプのやつで、私も同じものを持ってきていた。自慢の一品らしく、さすがにおいしい。

「いつからだったかな……そうだ、鳥子が一人で裏世界に行っちゃったときだ。あのとき初めて出てきたんだよ。その後も二、三回」

「なんで言わなかったの？　見たら死ぬとか言われてるのに、怖くなかった？」

「うーん、これ説明するの難しいんだけど、なんか納得感があったんだよね」

「納得感？」

「私さ、中学高校と家があれだったでしょ。でときどき、自分のやってることを客観的というか、他人事みたいに見てる感覚になることがあって。ドッペルゲンガーは見なかったけど、それこそもう一人の自分になって、自分を見てるような……伝わる？」

「……うん」

「ああー、そんな顔しないで。別に悲しい話じゃないから。とにかくそういうのがあったもんで、実際ドッペルゲンガーが出てきたとき、あーそりゃいるよな、納得、みたいな感じだったんだよ。改めて考えてみるとまあ変だけど、ただ結構役立ってくれたんだよね、もう一人の私」

「どういうこと？」

「私を鳥子のところまで連れてってくれたの、ドッペルゲンガーなんだよ」

そう言うと、鳥子は目を丸くした。

「ええ？」

「私が知らないこともドッペルゲンガーが知ってることがあるみたいでさ。私の無意識か何かなのかなあ。ずんずん進んでいくのについて行ったら、鳥子を見つけた」

「そんなことあったんだ……」

「霞のときもそうだよ。ゴミの山を指差してたから、入っていったらあの子がいたの」

「あ！　確かにあのとき空魚、私に見えない何かを見てた！」

「それそれ」

よく憶えてるなと思いながら、私は頷いた。

「そういう感じだったから、あんまり怖いと思わなかったんだよね。そもそもドッペルゲンガーって怪奇現象なんかじゃなくて脳の誤作動なんじゃないかって説もあって、見たら死ぬって話も、脳腫瘍とかの影響でそういう幻覚見た人が、そのすぐ後に死んだからなんじゃないか、とか……」

「それはそれで心配なんだけど」

「一説よ、一説。ていうか私の場合はＤＳ研でしっかり脳も診てもらってるし、そこは大丈夫でしょ」

小皿によそったビーフカレーを口に運びながら、私は言った。

「鳥子が見た私、雰囲気暗かったって言ってたけど、私の前に出てくるときもだいたいそんな感じだよ。私の陰《いん》の成分を濃縮した感じだから、結構ギョッとすると思う」

「うーん、いや、待って待って。そのドッペルゲンガー、空魚にしか見えてないなら、ときどき役に立ってくれる幻覚で済んだかもしれないけど、私にも見えたとなると話が変わってこない？」

「それは……そう」

まったくその通りだった。ぎりぎり私の脳内現象と解釈できていたものが、自分以外にも見えるなんて……。しかも、何？　布団に入って？　添い寝？　何しに行ってんの私⁇

鳥子も鳥子だけど私も私だ、いや私じゃないけど、ドッペルゲンガーだけど、仮に無意識の仕業だとしたら節操がなさすぎる。

「もう一人の空魚、陰キャとかそういうのじゃなくて、すごく辛そうだったし。何も言わなかったけど、あれは多分、私に対して罪悪感があったんだと思う」

「いや、なんでそこまでわかるの」

「わからないと思ってるの？」

半笑いで訊いたら自信満々に返された。くそ……。

鳥子は目を細めて私を見ると、優位を確信した人間の口調で言った。

「それで？　罪悪感の出所はなにか、教えてくれる？」

「…………」

「空魚」

「…………」

意外な方向に話が逸れたけど、結局言わなきゃダメか……。

私は観念して口を開いた。

「その日の昼間、私、大宮にいたんだ」

「大宮？　珍しいね。何しに？」

「鳥子と出逢った日の、あの廃屋――」

「あー！　あそこね、ゲートなくなっちゃったとこ」

「そう、あそこの様子久しぶりに見に行ったの」

「懐かしい。え、もしかしてゲート復活してた？」

「ううん。その代わりに――」

「代わりに？」

「――閏間冴月が出た」

鳥子がぴたりと動きを止めた。視線を受け止めて、私はゆっくり頷く。そうだよ。冴月さんだよ。あなたの大切な、化け物。

「冴月が」

瞬きもしないまま、鳥子が呟いた。

「うん」

私は最小限の相槌しか打てなかった。泣くのか、喜ぶのか、それとも……？　鳥子がどう反応するのかわからずに、神経が張り詰めていた。

「冴月が、出た？」

「うん」

「だ……」

鳥子の表情が大きく動いた。眉尻が下がって、私の方に身を乗り出して言う。

「大丈夫だった？」

意外な反応に私は混乱した。

「え……何が？」

「空魚、無事？　何もされなかった？　怪我とか──」

心配そうに伸ばされた手が、私の頬に触れる。あの日の閏間冴月と同じ構図の鳥子を、私はぽかんと見返した。

「それは、別に、大丈夫だったけど」

「よかった……」

へにゃっと崩れた顔で鳥子が言った。手はそのまま、私の頬をもみもみ……。

「あの？」

た。

「いや無事だから……見ての通りだよ」

いつもなら振り払うところだけど、なんとなく揉まれるままになってしまった。閏間冴月と同じ場所を鳥子に触れられたら、ずっと強ばっていた身体から力が抜けていく気がした。

とはいえ長過ぎだ。

「もういいでしょ」

顔を遠ざけると、鳥子はようやく手を引っ込めた。揉み足りなさそうな顔をしている。

緊張の反動で、なんだか気が抜けてしまった。渇いた口を湿したくて、私はグラスの残りを飲み干した。店員さんを呼んで、ワインをもう一杯ずつ頼む。気を落ち着けてから、私は言った。

「鳥子、もっと違う反応するかと思った」

「冴月の話だから？」

「う、うん」

鳥子は小さく笑った。

「前はきっとそうだったと思う。でも……最後に見たときの冴月、お化けみたいな感じになっちゃってたから。もう私の知ってるあの人はいなくなったんだと思ってる」

鳥子が最後に見た「閏間冴月」は、潤巳るなの口を裂き、その母親の両目を潰した、人の形をした怪物だった。確かに目の前であれを見せつけられたら、百年の恋も冷めるかもしれない。でも、私は確信できていなかった。今でも鳥子はあの女に未練を残しているものだと、ずっと思っていた。

そうじゃなかったんだ。ごめん鳥子。見くびってた。私が思うより鳥子は強くて、ちゃんと過去と決別できる人間なんだ。

「冴月が出てきて、何があったの？」

真面目な顔で鳥子が訊ねる。

「話しかけられて……わけわかんないこと言われた」

「なんて？」

「山がどうとか……」

言いかけたけど、あのときの会話をそのまま再現したって何も伝わらないだろう。自分なりの解釈で翻訳して、もう一度言い直した。

「たぶんだけど、裏世界に入って、裏世界の一部になった、みたいな意味合いのことを言われたと思う。だいたい思ってた通りだから意外じゃないけど」

「そっか……」

鳥子が哀しそうに目を伏せた。

「それを伝えに来たのかな。私じゃなくて空魚の前に現れたのは……ごめん、正直寂しいな」

「まあ、うん、そうだよね」

「空魚が危害加えられなかったならよかったけど、本当に何もされなかった？　記憶飛んでたりしない？」

「……うん」

私の返事に一瞬間が空いたのを見逃す鳥子じゃなかった。

「何があったの」

「……口説かれた」

「ん？」

「閏間冴月に口説かれた。私が」

今夜二回目のフリーズをする鳥子を、私はなすすべなく見つめた。微動だにせず見つめ合う私たちの間に、三杯目のお酒をそっと置いて、店員さんが去っていった。

「……へえ」

低い声で鳥子が言った。

「そうなんだ」

「あの、怒ってる？」

「怒ってないよ」

「それならよかったです」

「勘違いしないで。空魚にはなんにも怒ってないから」

「あ、はい……」

鳥子は来たばかりのグラスを掴んで口に持っていくと、そのまま全部飲んでしまった。

空になったグラスを置いておもむろに立ち上がる。

「料理取ってくる」

「い、行ってらっしゃい」

大股にビュッフェテーブルへ向かう後ろ姿を、私は呆気にとられて見送った。

こえ〜〜〜。

ん？　でも待てよ。冷静に考えてみたら私が怒られる筋合いないのでは？

そうだそうだ。なに緊張してるんだ私。ビクビクして損した気がする。

と思いつつも、戻ってきた鳥子と顔を合わせられず、入れ替わりで席を立った。

お腹もいっぱいになってきたので料理はパス。小さなケーキと練り切りの和菓子を取って、カップに紅茶を注いだ。戻ってみると鳥子の方も、まだ試していない料理をちょっとずつ皿に載っけてきただけだった。

座り直した私に鳥子が言った。

「コースの〆でデザート来るよ？」

「え、そうなの？　しまったな」

「まあ、そのくらいなら食べるでしょ」

「いつもながら私の胃袋過大評価してない？」

「実績あるもん」

「誰のせいだと……」

鳥子が頼むだけ頼んでギブアップした料理を何度も引き受けていたせいで、よくない学習をさせてしまった。今後はむりやり本人の口に押し込むべきかもしれない。

少しの沈黙の後、鳥子が抑えた声で言った。

「──なんて口説かれたのか聞かせてくれる？」

一旦ブレイクを挟んだのに、話題は結局変わらなかった。問題の深刻さから言って、当たり前ではあるけれど。

「裏世界に一緒に来いって言われたんだと思う。言い回しは若干違ったけど」

私が答えると、鳥子は椅子の背に身を預けて、フーッと長く息をついた。

不安げにひそめられた眉の下で、視線が落ち着きなく動いていた。テーブルクロスの上に載せた手をきゅっと握りしめて、テーブルをコツコツと叩く。動揺しているのは明らかだった。何か言おうとして言えないようで、唇が半開きのままだ。

私はとっさに手を伸ばして、鳥子の拳の上に重ねた。

「行かないよ」

鳥子は答えず、上目で私を見返した。心細さを露わにした、ひどく子供っぽい顔だった。

「心配しないで。私がそんな誘いに乗ると思う？」

「うん」

安心させようとしたつもりが、あっさり頷かれてしまって私はショックを受ける。

「え、ええ……？　それはちょっと、信頼なさすぎじゃない？」

「空魚約束してたもん、冴月と」

「約束？」

「あのとき冴月と話してた。必ず行きますからって」

しばらく、何を言われているのかまったく理解できなかった。

あのとき？　話してた？

必ず行きますから………？

「あっ」

不意に、頭の中で記憶が弾けた。潤巳るなを助けて、裏世界深部からのゲートをくぐった直後。掴まれた髪をナイフで切って、振り返った私は、ゲートの向こうに立つ閏間冴月と、確かに言葉を交わした。

話している最中は、完全に意思が疎通できていると思っていた。でも正気に戻ってみると、私が口走っていたのは何も意味を成さない譫言《うわごと》だった。

その譫言の中で、私は言ったのだ。

「――かならずわたしもいきますから」

そう呟いた私を、鳥子が怯えた目で見つめる。

「思い出した？」

「思い出した。言ってたね、私」

いやいやをするように、鳥子が首を横に振った。

「行かせないから」

「鳥子――」

「行かせないから！　ぜったい！」

今にも爆発しそうなものをぎりぎりでこらえたような声だった。

私はしばらく黙って考えてから、顔を上げて言った。

「鳥子。一つ確認させてほしいことがあるんだ」

「……何？」

「この際だから、はっきり訊いちゃうけど。鳥子は、閏間冴月が好きだったんだよね」

鳥子がはっと息を呑んだ。私が重ねた手の下で、拳が強ばるのがわかる。

「…………好きだった」

震える声で鳥子が呟く。

知ってた。私は軽く頷いて、もうひとつ訊ねた。

「でも、今は私が好きなんだよね」

鳥子は目を大きく見開いて私を見つめた。それから、コクコクと首を縦に振る。

「空魚が好き」

ほとんど聞こえないようなかすれ声で、鳥子が言った。私に向けられたひたむきな愛情は手で触れられそうなほどで、息が止まりそうになる。でもここで負けたら駄目なんだ。

もう一つ、はっきりさせておかなければならないことがある。

残酷さを自覚しながら、私は訊ねた。

「冴月さんよりも好き？」

鼻っ柱を殴られたみたいに、鳥子がくしゃっと顔を歪めた。

「そんなこと訊かないで」

「答えて」

引こうとする手を私は押さえつける。私は鳥子を傷つけている。

鳥子は苦しそうに目をつむって、絞り出すように言った。

「比べられない。でも、いま大切なのは空魚。私がいま、好きなのは、空魚だから」

瞼が開く。金色の睫毛の上で、涙の滴が光る。

「信じて」

「信じるよ。わかってる」

力を緩めて、鳥子の手の甲を撫でた。硬く握られていた拳が、少し緩む。

「ごめん。鳥子の口からちゃんと聞きたかった。じゃないと、これからの話ができないから」

「これからの話……!?」

泣き出しそうだった鳥子の顔が、ぱちぱちと瞬きをしたかと思うと、驚愕に変わった。

表情ころころ変わる子だよな、と改めて思いながら、私は頷く。

「考えたんだ。閏間冴月がこうやって何度も出てくる限り、私たちはいつまでも怯えてなきゃならない。私もめちゃめちゃ嫌だけど、特に鳥子は、いなくなったはずの大切な人の幻影に悩まされるだけじゃなくて、私が連れて行かれる心配までしなきゃならない——」

そう言いながら、ふと気付いて私は訊ねた。

「もしかして鳥子、私と閏間冴月の会話を聞いてから、今までずっと心配してた？　私が一人で行っちゃうんじゃないかって」

鳥子は眉間に皺を寄せて私を睨んだ。

「はい。今お気づきになりました？」

「ご、ごめん」

「いいよ、私が勝手に心配してただけだし」

だって私、忘れてたし……と言い返しかけて、言い訳にもなっていないことに気付いて直前でやめた。

「いや、とにかく、これを解決するには、閏間冴月が二度と私たちの前に現れないようにさせる必要があると思ったんだよ」

「させるって言っても……どうするの？」

「まあ、具体的にはこれから、てか一緒に考えてほしいんだけど、つまり……」

なるべく穏やかな言い方をしようと一瞬考えたけど、途中で面倒になった。怪訝な顔の鳥子に向かって、私はストレートに言ってしまった。

「要するに私が言いたいのは、閏間冴月を殺そうってこと」

鳥子がぎょっと目を剝いた。言葉通りの意味だと伝えるために、私は視線を逸らさずに頷いた。

「……〝これからの話〟って、それ？」

「え、うん」

「お……」

「お？」

「思ってた話とちがーう!!」

鳥子が憤慨しきった声を上げたちょうどそのとき、コース料理のデザートが運ばれてきた。オレンジソースで煮た温かいクレープの上にココナッツアイスを載っけたクレープシュゼット、記念日デザートメッセージプレート付き。それが目の前でフランベされる。揺らめく青い炎が、メッセージカードに書かれたHappy Anniversaryの文字を照らし出す。

「きれいだね」

「そうね」

「おいしい」

「そうね」

「ごちそうさまでした」

「行こうか」

私たちは店を出た。ロビーで鳥子が立ち止まって言った。

「ちょっとトイレ」

「あ、私も」

珍しく、二人で連れだってトイレに行くことになった。私が個室のドアを開けたところで、背後で鳥子が、ぽつりと呟いた。

「まだ答えてもらってない」

「え？」

「罪悪感の理由」

そう言うと、鳥子が私を個室に押し込んで、あろうことか一緒に入ってきた。

「な……なになに!?」

泡を食う私を壁際に追い詰めて、鳥子が鍵を掛ける。

「ちょっ……おい……」

「答えてよ」

鳥子が壁に手を突いて、私の顔を覗き込んでくる。怖い、目が怖い。

「ねえ。なんで私の前に出てきたドッペルゲンガーちゃん、あんな顔してたのかな」

「し、知らないよ」

「知らないの？　冴月と会ったからって、さっき言ってなかった？」

「え、あ、そう！　そうだよ、なんだ、言ってたじゃん、ハハ」

「会っただけで罪悪感感じるかな。空魚、冴月のこと嫌いでしょ。だったら別に、やましい気持ちになる必要なくない？　口説かれたって、冴月が勝手にしたことなんでしょ？」

「それは、ほら、あれよ、鳥子に黙ってたから……」

「私に大事なこと黙ってるなんて、今までいくらでもあったじゃない」

淡々と鳥子が言うので私はいよいよ震え上がった。

「当ててあげようか、罪悪感の理由」

「な、何？」

「空魚……冴月に誘惑されて、くらっと来ちゃったんでしょ」

「…………」

図星を指されて私は何も言えない。鳥子は見透かしたように薄く笑みを浮かべた。

「いいの。わかってる。誰でもそうなるから」

「え……」

「冴月の前に立ったら誰でも同じ。あの人は特別だから。空魚がどんなにあの人を嫌っても関係ない。むしろ関心を持っちゃってるから思う壺。冴月にとっては、誰でも獲物」

「そ、そうなんだ」

「だからいいの。罪悪感なんか必要ないよ、空魚」

「あ、うん」

鳥子がにっこり笑ったのに釣られて、私もつい口元を緩めてしまう。

「でも」

と鳥子が平板な声で続けた。

「私は許せない。冴月が私から空魚を奪おうとしたことが」

「へ……？」

半端な笑顔のまま見上げる私に向かって、鳥子がさらに顔を近付けてきた。

みるみる唇が近づき、あっ、キスされるんだと覚悟したら、鳥子の顔が横にずれて、通り過ぎて、あれっと思った瞬間――

「痛《いだ》ァーー!?」

首と肩の中間くらいで激痛が走って私は悲鳴を上げた。

嚙んだ!? こいつ嚙んだぞ!?!?!?!?

痛みと驚愕に硬直する私の肉に嚙みついたまたっぷり数秒、鳥子はようやく私を解放した。

動けるようになって、とっさに肩に手をやった。おそるおそる見た手のひらに血はついていなかったけど、痛みはまだ引かない。

「お、おま……何!?」

見上げると、鳥子は妙に満足げな、やってやったとでも言いたそうな顔をしていた。

「私のだって印《しるし》つけといた。また冴月が空魚にちょっかい出したときのために」

まだ混乱している間に、鳥子は個室の鍵を開けて、するりと出て行った。そして二個隣の個室に入る音がした。音姫のスイッチが入って、渓流のせせらぎと小鳥のさえずりがトイレの中に響き渡る。

「い……イカれてんの!?」

ようやく気を取り直した私が壁越しに怒りの声を上げると、鳥子が叫び返してきた。

「お互い様でしょ!」

おまえほどじゃねーよ!!

もう何を言ったらいいかわからなかった。肩がズキズキする。ともかく用を足して個室を出て、洗面台の鏡で確認した。

流血こそしていないものの、しっかり歯形が残って、薄く血が滲んでいる。どうしてくれるんだこれ、と呆然としていると、鳥子が手を洗って、澄ました顔で私の後ろを通って出て行った。

ちょっと待てや、と追いかけると、鳥子はトイレを出てすぐのところで、壁に寄りかかって待っていた。

「痛いんだけど」

「痛くしたから」

「なんなのほんと……」

「ハッピーアニバーサリー」

「はあ？？？」

鳥子が喧嘩だかなんだかさっぱりわからない温度感なので、こっちとしても感情の行き場がない。戸惑っていると、鳥子が天井を見上げて言った。

「ここ、四十五階にラウンジがあるんだって」

「……ラウンジ？」

「夜景が見えて、お酒が飲めるとこ」

「バーってこと？」

「そう。ご飯食べて、いいムードになったら、誘おうと思ってたの」

いいムードってなんだ？

「そしたら予想もしないような話になって……わけわかんなくなっちゃった」

「まあ、うん、それは」

「でもこのまま帰るのも嫌だからさ、飲みに行かない？」

「結局飲むんかい！」

つい突っ込んでしまった。鳥子が私の手を取って引く。

「いいでしょ。あんな話されて、飲まなきゃやってられない。これ以上真面目な話するなら、お酒が必要」

「飲んで真面目な話できないと思うんだけど……」

そう言いながら私も、手を引かれるままに歩き出す。

「これ見えてない？　歯形」

「ギリ隠れてるから大丈夫」

「めっちゃ痛かったんだけど」

「嚙んだ歯も痛いんだからね」

「それはさすがに嘘」

低温調理器みたいなテンションで言い合いながら、私たちはエレベーターでスカイラウンジに昇っていった。

3

翌日遅く起きた私たちは、ガンガン痛む頭を抱えてよろよろとホテルをあとにした。

昨夜は予想通り真面目な話なんかできるわけもなく、ラウンジの窓際の席から、きらびやかな夜景を見下ろしながらカクテルを何杯も重ねて、しょうもない話だけして夜は更けていった。具体的には、私がいかに無神経で、冴月に対する鳥子の気持ちをわかっていないかという愚痴で、聞き流しているうちにどんどん鳥子が酩酊して、何を言っているのか不明になっていった。私もそんな話を聞いていられなかったので、悪い意味でお酒が進んで、結果二人ともべろべろに酔っ払ってしまった。

帰るのめんどくさすぎるなと思っていたら、鳥子が手回しよく部屋を予約してくれていたので、そのままチェックインしてばったり倒れ込んだ。

二日酔いの気持ち悪さに打ちのめされたまま、かろうじてマックでコーヒーだけ飲んで、新宿駅から山手線に乗った。池袋で乗り換えるため、私だけ電車を降りた。

「じゃあ、また……」

「んん……」

冴えない顔で別れて帰って、家についてシャワーを浴びて、具合の悪さに耐えかねてまた寝た。

夕方やっと目を覚ましたときにはだいぶマシになっていた。電話してみると、鳥子の方も私と同じで、四分の三くらい瞼が閉じた寝起きの顔が目に浮かぶようだった。

「冴月を殺ずって言われた記憶があるんだけど、聞き間違い？」

ぼんやりした声で鳥子が訊いた。

「そう言ったよ」

「マジで言ってる？」

「もう死んだようなものだし」

私が答えると、鳥子は一瞬黙ってから、憤慨した声で言った。

「ねえ、さすがにデリカシーなさすぎだと思うんだけど」

「冴月さんに関しては、最初からデリカシーなしでやらせてもらってますから」

「なんで」

「自分に危害を加えようとする相手に配慮する気なんて、一ミリもない」

閏間冴月に限った話じゃない。誰に対しても私はそうだ。相手に悪意があるとわかったら、その時点でいっさい関心を持たなくなる。恨んだり憎んだりする労力もかけない。すべての興味を断ち切って、私の世界からそいつを閉め出す。

それでもなお、無視できないようなやり方で接触してくる場合は……こちらもそれなりの対応をする必要が出てきてしまう。

「でもそれは、冴月が具体的にちょっかい出し始めてからの話でしょ。空魚、私と逢った最初から冴月に対して感じ悪かったじゃん」

「鳥子が冴月冴月うるさかったから」

「知ってる。ヤキモチ焼いてたもんね」

「…………」

私がノーコメントでいると、鳥子は静かな声で言った。

「あのね、空魚……。冴月がもう、すごく危険な何かに変わっちゃったってことは、私も理解してるし、諦めてるの。空魚と私の間に入ってこられるのも、怖いし嫌だと思ってる。自分があんなに好きで、あんなに心配してた人に対して、こういう風に考えるようになったのもショックなんだけど、でも本当にそう。私がいま好きなのは空魚で、仮に冴月が元通りになって帰ってきたとしても、もう覆らない。それは信じてほしい」

「……そう」

「だけどね……。自分が親しかった人を、空魚が悪く言うのを聞くのは、やっぱり——」

鳥子の言葉がためらうように途切れた。

「腹が立つ？」

「というより……悲しい」

悲しいのか……そうか。

「わかった。なるべく控えるよ」

「ごめんね」

「鳥子を泣かせたくないし」

私がそう言うと、鳥子がふふっと笑った。

「そこはデリカシーあるんだ？」

「そういうんじゃないよ」

自分の気持ちをデリカシーという言葉で評価されることに、なんだかむっとした。

「じゃあ、何？」

「知らんけど……ただ鳥子を泣かせたくないだけ」

「説明になってないよ」

「うう、いいでしょ、もう」

くすくす笑いが聞こえてくる。私が居心地が悪くなって唸る様子を、鳥子は何だか面白がっているようだった。

「殺す、じゃなきゃなんて言えばいい？　成仏させる？　とどめを刺す？　退散させる？」

私は強引に話題を戻す。

「うーん……」

「ピンと来ない？」

「どれもなんか、怖い」

ふわっとしたこと言いやがって、と思いながら私は考える。

「じゃあ……〝祓う〟でどう？」

「はらう？」

「お祓いするって考えれば、そんなに怖くないでしょ」

「ああ……そうだね。それがいいかも」

どこかぼんやりした返事の後で、鳥子が唐突に言った。

「霞がさ、お葬式してたじゃない」

「ああ……DS研で」

「あれ見たとき思ったんだ。私、お葬式してなかったなって」

「冴月さんの？」

「そんなことしようなんて、考えたこともなかった。きっと生きてるって、帰ってくるって、ずっと信じてたから」

「…………」

「でも、帰ってきたのは冴月じゃなかった。冴月の姿はしてたけど、あれは……」

電話の向こうに、沈黙が落ちる。

最初に逢ったころ、鳥子は閏間冴月が生きていることに、こちらが戸惑うほどの強い確信を持っていた。そのときの印象が強くて、思ったより吹っ切っていることにずっと気付けなかったのだ。

「鳥子が冴月さんのこと諦めたのって、やっぱり潤巳るなの件から？」

「うん」

「それまでずっと追いかけてたのに、どうして？　触ったら手が冷たかったとしか言わなかったよね、あのときは」

「空魚は右目で見れば、相手が人間じゃないって一発でわかるでしょ」

「……あ」

「あのとき左手で触ったらわかっちゃった。あっ、この人はもう、違うんだって」

今まで鳥子が言った中で、一番納得できる説明だった。裏世界の存在を知覚したときの独特の感触は間違えようがない。視覚でも触覚でも、それは同じなのだろう。

自然に、長いため息が出た。身体の奥にずっとあった緊張が、鳥子の言葉でほどけるのを感じた。

「なに？　どうしたの？」

「いや……なんかほっとしちゃった」

「今の話にほっとする要素あった⁉」

「ごめん、気にしないで。続けて」

「びっくりして何の話してたか忘れちゃったよ」

「お葬式の話？」

「あ、そうそう……。冴月がもういなくなったってわかった後も、お葬式とかしないままだったなって思ったんだ、霞がやってるのを見て。だからなんだか気持ちが宙ぶらりんのままなのかもしれない」

「そういうことね。じゃあお祓いしてから、お葬式してあげるといいんじゃない」

「確かにそれなら、気持ちの整理つけられそうだけど……お祓いって具体的にどうするつもり？　お寺とか神社に頼んだってしょうがないだろうし」

「自分たちでやるしかないね」

「何か考えがあるんだ」

「…………」

「ん？」

「実はない、まだ」

「ええ――？」

非難の色が混じった鳥子の呆れ声に、私は急いで付け加えた。

「や、でも、できると思うんだ。だって今まで私たち、いろんな怖いものを二人で撃退してきたわけじゃない？」

「そうだけども」

「相手が閏間冴月だってやることは変わらないよ。私たちなら、他の奴らと同じようにぶっ殺せる」

「………」

「じゃなくって……お祓いして、安らかに眠っていただくことができる……」

はあー、と鳥子がため息をついた。

「まあいいよ、言いたいことはわかった。じゃあ、冴月が――冴月の姿をした何かが、また来るのを待てばいいの？」

「それだとまた相手のペースに巻き込まれちゃう。こっちから行かないと」

怪訝そうな鳥子に、私は説明を試みた。

「この前の〈Tさん〉のときもそうだったけど、受け身になったらよくないんだよ。私たち、いつも自分から裏世界に行ってるでしょ。小桜さんは信じられないって言うけど、あれって正解だと思うんだ」

「正解？」

「もし私たちが怯えて表世界に引きこもってたら、今ごろとっくに発狂するか死ぬかしてるよ。ある程度深く裏世界に関わった人間が生き延びるには、向こうの出方をびくびく窺うだけじゃなくて、私たちや外館《とだて》さんみたいにこっちからもアプローチする必要があるんだと思う」

「肋戸《あばらと》さんはやられちゃったよ？」

「あの人まだ生きてるんじゃないかな。霞がお葬式してなかったし……」

夕焼けの街で肋戸が隠れ潜んでいたゴミの山には、寝袋と荷物しか置かれていなかった。霞と交流があったんじゃないかというのは、私の勝手な想像だけど。

「裏世界からのアプローチがいつも私たちを怖がらせて、正気を失わせるのは……推測だけど、こちらと向こうとのコミュニケーションが可能な、何か特殊な精神状態に追い込んでるんじゃないかな。閏間冴月が姿を表すのも、そのアプローチの一環だと思う」

「そこに追い込まれるのを待つんじゃなくて、こっちから行くってこと？」

「そうそう。こっちから行けば、比較的正気を保ったままでいられる。向こうのペースに乗らずに済む。でも長く接触してると危ないから、ぱっと行って、やっつけて、ぱっと逃げる。今までの経験から言って、これが限りなく正解に近い……というのが私の考え」

「強盗の相談でもしてる気がしてきた」

鳥子のコメントに思わず笑ってしまう。

実際私たちがやろうとしているのは、強盗どころか暗殺に近いのだけれど。

「いいね。一緒にやろうぜ、相棒」

「すっかりガラが悪くなっちゃった。最初に共犯者とか言ったのが悪かったのかなあ」

鳥子がぼやいてから、話を戻した。

「こっちから行くのに意味があるのはわかった。裏世界に行って、冴月出てこーいって言ってみる？」

「それで呼び出せたら笑っちゃうけど、さすがにそこまで単純な話じゃないでしょ」

「空魚と出逢う前、何度そうやって名前呼んだかわかんないしね……」

鳥子の声が湿っぽくなるのに気付かないふりをして、私は言った。

「何をするにしても相手の情報がないのがまずいと思うんだよね。私、冴月さんのことを何も知らないから。とりあえず冴月さんのことを知ってる人のところを回っていろいろ訊いてみようと思う」

「私に聞けばよくない？」

「鳥子に見せてなかった顔がいろいろあるでしょ、冴月さんには」

「う……まあ、ね」

「そういうこと。まずは近場で、茜理から当たってみようかな」

茜理はかつて閏間冴月の生徒だった。あの女の鳥子が知らない側面を知っているかもしれない。

「鳥子はどうする？　一緒に話聞く？」

「私は……」

鳥子は口ごもった。しばらく逡巡してから、苦々しい声で言う。

「ごめん。ちょっと冷静に話聞けないと思う」

「いいよ、無理しなくて。私ひとりで行ってくる」

「お願い」

「あとで報告するね」

電話を切って、スマホをベッドに放り出した。

起きたばかりなのに、どっと疲れてしまった。閏間冴月に立ち向かうには、あの女に対する鳥子の未練にも直面することになるだろうと薄々察していたものの、電話越しにも伝わってくる湿っぽい感情に体力を奪われてしまう。もともと私は人の気持ちがわからない女なので、こういう人情の機微みたいなやつは可能な限り避けて通りたい。でもこればっかりは逃げるわけにいかないから、なるべく頑張っている。他の閏間冴月関係者にも同じことをやるのかと考えるとげんなりだ。

ただ、昨日今日と話して、鳥子の閏間冴月への未練がかなり薄れていることに確信が持てたのは心強かった。もっと強い拒否反応が返ってくると思っていたので、想定よりあっさり合意が得られたのは驚きだったし、安心した。

逆に言えば、鳥子の気持ちが混じり気なしで私だけに向けられているということになるから、それはそれで受け止め方を考える必要が出てくるのだけれど……。

ともあれ最初の合意はできた。あとは先に進むだけだ。

そして閏間冴月を殺……じゃなかった、祓う。二度と私たちの前に現れないように。

茜理に電話を掛ける気力を奮い起こして、私はもう一度スマホを拾い上げた。

4

翌日の夕方。茜理の家の前まで来た私の前に、赤髪作業着目つき悪マイルドヤンキーが立ち塞がったので、私は面食らって、作業着の肩越しに二階建てのアパートを見上げた。

「何の用すか……」

「あれ？　ここ茜理の家だよね？」

「そうすけど」

「なんで夏妃《なつみ》がいるの」

「いたら悪いすか」

「悪かないけど……。なんか警戒してる？」

「いえ別に」

「してるでしょ。何？　私なんかした？」

「なんか用があるってアカリに聞いたんすけど」

「うん」

「アカリに何する気すか」

「なんなの？？？」

混乱する私に対して、市川夏妃は感じの悪い態度を崩さない。

「ちょっと話聞きに来ただけだよ。閏間冴月って憶えてる？」

「アカリのカテキョやってた女すか」

「それ。私そいつと因縁あって、ケリつけたいんだけど、元生徒だった茜理にどういう奴だったか聞きたいの」

「ほんとにそれだけすか」

「それだけだよ！　しつこいな！」

「そっすか」

夏妃がしぶしぶという感じで道を空けた。私が歩き出すと、ぴったりついてくる。

「なに？　一緒に来るの？」

「ダメすか」

「いや……好きにしたら」

なんなんだ一体。めんどくさい女しかいないのか、私の周りには。

「あのさあ、言っとくけど私、茜理をどうこうしようとか思ってないからね。あの子は懐いてくれてるけど」

「ぶっちゃけそれも腹立つんすよね」

「何がよ!?」

「アカリに懐かれてるのにセンパイが塩なの、アカリ可哀想じゃないすか」

「どうしてほしいの私に」

「わかんないっすよ！」

夏妃が声を荒らげる。

「ウチはアカリに幸せになってほしいんすよ。でもセンパイに懐いてるのは嫌なんで、適当にあしらってほしいんす。でもそれでアカリが悲しむのは嫌なんで……もう自分でもどうしたらいいか全然わかんないっす」

「なんか大変だね」

ばかばかしくなって投げやりに返事をすると、夏妃は険しい顔で私を睨んだ。

「最近アカリ、センパイの仕事手伝ったとかではしゃいでて、でも詳しいことなんにも教えてくれないんすよ。センパイには恩もあるしアカリのダチだから言いたくないすけど、あんまヤバいことにあの子巻き込まないでもらえませんか」

「言っとくけど私が呼んだんじゃなくて、あの子がこっそりついてきたんだからね。私だって巻き込みたくなかったよ。危ないところを茜理に助けてもらったって言った方が近いかも」

「……やっぱりヤバいことになってんじゃないすか」

夏妃が青ざめてしまった。

「え、アカリに助けてもらったって、それ要するにケンカっすよね。勘弁してくださいよ。そりゃアカリは強いすけど、優しい子なんすよ」

「いや、どうだろ……。まえ私、あの子にぶん殴られかけたよ」

「はァ!?」

「まあ、そんときは私がケンカ売ったみたいなもんだけどね」

「ウチにはそんなんしたことないのに……やっぱセンパイくらいイケイケじゃないと駄目

なんすかね……」

「何がイケなのかさっぱりだけど、夏妃は大事にされてるってことじゃないの」

「そうなんすかね……」

なんなんだこいつ。

情緒不安定な夏妃は放っておいて、茜理の部屋のチャイムを押す。はーい、と返事があって、すぐにドアが開いた。

「センパイ！　おつかれさまです！」

「ごめんね急に」

「いえいえ！　どうぞ上がってください！」

「お邪魔します」

「なっつんと一緒だったんですね。なんか盛り上がってたみたいですけど、何話してたんですか？」

「夏妃に聞いて」

「え、別に……。つーか、雑談？」

「そうなの？」

茜理を前にした途端、夏妃はすかした態度になった。何をかっこつけてるんだ。

奥に進んで、座卓のクッションに腰を下ろす。茜理の部屋に上がるのはこれで二回目だ。茜理は小さなガラスのティーポットに入れたお茶を出してくれた。湯飲みからジャスミン茶の香りが立ち昇る。そういえば今回は手土産持ってこなかったな、と思い至ったけど後の祭りだった。

「閏間先生の話を聞きたいってことでしたけど――」

茜理が訊ねる。夏妃は私を監視するみたいにベッドに腰掛けている。うるさい視線を無視して、私は頷いた。

「うん。どういう人だった？」

「そうですね、素敵な人でしたよ。物静かだけど、おとなしいとか控えめってわけじゃなくて、静かな迫力がある人でした。ミステリアスなお姉さんって感じで、私まだ受験生でしたし、大人だぁって思いましたね」

「どうして教わることになったの？　向こうから来た？」

「えーと……どうだったかな。親が手配してくれたんですけど、普通にそういう業者に頼んだんだと思います」

閏間冴月が家庭教師派遣業に登録していたと思うとなんだか変な感じだ。裏世界に飲まれる前は普通に暮らしていたなら、別に不思議ではないのかもしれないけど。

「いつも黒系の服着てましたね。真夏でも。でも似合ってて違和感なかったです。低い声で、ふわっといい匂いがして……。あれは香水だったのかな、なんとなく花の香りのイメージがありました。背が高くて手が大きくて、空手やったら強そうって考えたのを憶えてますね」

そんな評価基準あるんだ……。

「教わったのは勉強だけ？　その……なんか変なことされなかった？」

「何聞いてるんすか!?」

夏妃が大声を出したので、私はびびってのけぞった。

「いきなり何!?」

「いやセンパイ、さすがにそれはセクハラすよ」

どこがよ!?　と言いかけて、はっと気付いた。

「違う違う！　そういう意味じゃないからね、茜理」

慌てる私と夏妃を、茜理はきょとんとした顔で見返していた。

「何がですか？」

あれ？

「……ごめん、なんでもない」

変に気を回してかえって恥ずかしいことになったじゃないか……。気まずそうに目を逸らす夏妃を睨んでから、私は続けた。

「私が訊きたかったのは、えーと……例えば、廃墟探検に誘われたり、怖い話聞かされたり、それ系の……」

「ああ、はい。そういうことは特になかったです」

「何か違和感があったとか、後から思うとあれ変だったな、とかない？」

「あんまり心当たりないですね……」

茜理はがんばって思い出そうとしてくれているようだけど、ピンと来ないみたいだ。

「強いて言うなら……隣に座って勉強見てくれてて、ふっと視線感じて振り向くと、じーっと私を見つめてることがあって、ドキッとしたことが何回かありました。表情とかは変わってないんですけど、何か深いところを観察されてるような、何もかも見透かされるような気分になって。なんですかって訊こうとすると、フッと視線外されるんですよね。偶然か、思い違いだったのかなってくらい自然に。ただ私、空手やってるんで、なんとなく、あ、今スカされたってわかりました」

「スカされた？」

「組手してるとき、視線の攻防みたいなのがあるんですよ。要はフェイントなんですけど、目と目を合わせて睨み合ってるところで、フッと視線逸らされると、誘い込まれるんですよね。そういう間合いの巧さがある人だな、油断できないなって」

隙あらば空手トークになるので、何の話をしていたのか段々わからなくなってきた。

「油断しなかったならいいけど……。猫のお守りもらってたよね。あれがきっかけで猫の忍者に襲われるようになったのに、茜理あんまり怒ってなくない？」

「なんか、怒る気になれないんですよね」

「悪意で渡されたのに？」

「悪意かどうかわからないですし……。受験のお守りって言われて渡されたときには、そんな嫌な感じしなかったですもん」

かばうような口調に、私は眉をひそめる。茜理は鳥子や小桜に比べると閏間冴月の影響はあまり受けていないと思っていたけど、必ずしもそうではないのだろうか。

そこに横から、夏妃が口を挟んできた。

「ちょい、待って待って。アカリが前トラブってたのって、そいつのせいだったの？」

「そう」

茜理の代わりに私が答えると、夏妃は怒ったように言った。

「なんで黙ってたん、アカリ」

「人に言わない方がいいかなって……」

茜理の答えに、夏妃はますます声を荒らげた。

「はぁ!? なんで？ え、意味わかんねんだけど」

「言わないように私が頼んだんだよ」

フォローするつもりでそう言ったら、夏妃は茜理と私を交互に見て、途方に暮れたような顔になった。

「……なんで？」

「だからぁ……」

同じことを訊かれて苛立った私もつい語気が荒く……なりかけたところで、夏妃の目からぽろっと涙がこぼれたのを見て、何を言おうとしたのか忘れてしまった。

なんで？と訊きたいのはこっちの方だった。今泣くようなことあった？？？

ぽかんと見ている目の前で、溢れる涙が夏妃の頬を伝っていく。いつもの挑むような態度が抜けた夏妃の顔は、こっちがうろたえるほど無防備で子供っぽかった。

「なっつん……！」

茜理がぱっと膝立ちになって、ベッドに腰掛けた夏妃に近寄る。

「ごめんね、ごめん、そんなつもりじゃなかったの」

「どんなつもり……?」

「なっつんを仲間はずれにしたかったわけじゃないの。ただ、巻き込むのは危ないって、私も思ったから」

「そんな危ないことしてるのに、話してくれなかったの……?　やめてよそんなの、変なことしないでよ」

夏妃は完全に泣き声になっていた。

「ウチに言えないようなことしないでよぉ」

「わかった。ごめん。ちゃんと話すから、ね?」

そう言うと、茜理が私を振り向いた。

「センパイ、なっつんにも話していいですか」

質問の形は取っていたけど、実質的には確認だった。

——いいわけないだろ。

と内心思ったものの、そうは口にできなかった。

一年前の私だったら、即座にダメだと言っただろう。

そこまではっきり断らなかったとしても、首を横に振るとか、何も言わないとか、とにかく絶対に認めなかったはずだ。裏世界のことを知る人間は、もう増やしたくない。茜理一人でさえ多すぎるくらいだ。これに夏妃も加えるなんてとんでもない。絶対に嫌だ。

でも今は、ここでそう答えるのは、多分よくないんだろうな……という気がする。却下するのが当然で、理にかなっているはずなのに、そうすることで何かが失われることが直感できてしまった。

私は目をつむって、フーッとため息をついた。

「……いいよ」

しぶしぶ、仕方なく、不承不承、心ならずも、私は答えた。

とはいえ、茜理の口から語られる説明を聞かされても、夏妃の表情は晴れなかった。涙こそ引っ込んだものの、むしろどんどん怪訝な顔になっていく。

「ちょい待って、いったん……一旦整理させてくんね」

頭痛でもするみたいに額を押さえて夏妃が言う。

「裏世界って、なんか……ヤクザとか、反社とかじゃなくて、もっと別のなんだよな？」

「そうじゃないって。この世界とは別の、異世界っぽい場所」

「マジで言ってる？　マンガのアプリでそういうの読んだことあっけど。ゲームの世界に転生するやつとか……」

「そういうのとも違って、もっと変な感じの場所。うーん、説明難しいな」

もどかしそうに茜理が言った。

「普通の世界と似てるんだけど、なんか違うの。建物とか変な感じになったり、怖いのが出てきたり……」

「怖いのって、どういう？」

「私が見たことあるのは猫の忍者とか、寺生まれのTさんとか……」

「全然わかんねえ……」

そりゃわからんわ、と聞いている私も思った。ずっと黙っていたけど、何か補足した方がいいだろうかと考え始めたところで、茜理が別の角度からの説明を加えた。

「あのね、裏世界に入るとね、お化け屋敷みたいになるんだよ。一見ふつうなんだけど、なんか嫌な雰囲気だったり、廃墟っぽかったり。変な感じで怖くなるの」

〈Tさん〉を追跡して入り込んだお化け屋敷を思い出したのだろう。中間領域に限って言えば、確かに茜理の言うとおりだ。茜理は中間領域までしか知らないから、あれを「裏世界」だと思っている。うまい説明かもしれない。

これで少しは伝わるかな、と思っていると、夏妃が考え込みながら意外なことを言った。

「もしかして、それウチも入ったことある？」

「え、いつのこと言ってる？」

「ほら、前にサンヌキだかザンヌキだか出てきたとき。確かになんか変な感じになったのは憶えてる。雰囲気気持ち悪かったし、すげー記憶に残ってたんだよ」

ぶるっと身を震わせて、夏妃は続ける。

「その前のサルみたいのが出た時点から、なんかべっとりイヤーな空気に取り巻かれてる感じがしててさ。立て続けに悪いことばっか起こるし、お祓いとかってこういう空気変えるために必要なんかな、とか考えてたんだよな、思い出したわ」

「どうなんですか、センパイ」

急に話を振られて面食らいながら、私は答えた。

「そうだと思う。裏世界の化け物が出るときって、そういう感じになるんだよね。ほら、あのときもサンヌキカノを茜理がボコボコにしたら空気変わったでしょ」

「あーっそっすね、確かに」

ようやく納得したように、夏妃が何度も頷いた。

「え、じゃアカリって空手でお祓いできるんだ。すげーじゃん！」

「へへ……」

照れ笑いする茜理を、夏妃は賞賛と誇らしさの溢れるキラキラした目で見つめる。

「へぇー！　そっかあ！　つまりアカリは空手でバケモン退治できるから、それでセンパイの手伝いしてるってことか、今めっちゃ理解したわ」

さっき泣いていたのが嘘みたいな、すっきりした表情で夏妃が言った。私は拍子抜けする。きっと裏世界なんてものが存在するかどうかじゃなくて、それに茜理がどういう形で関わっているかが主な心配事だったんだろう。

「納得してくれた、なっつん？」

「おう、したした。でも危なくねーの、それ」

「大丈夫。紙越センパイがちゃんと見てくれてるから。仁科《にしな》センパイもいるし」

「ほんとすか」

こちらに向けられた疑いの目にうんざりしながら、私は答えた。

「何度も言うけど、私は基本的に茜理を巻き込みたくない派だからね。この前はしょうがなくお願いしただけ」

「すみませんでした、強引に押しかけて」

さすがに気まずそうに茜理が首をすくめる。

「ほんとすか？　現に今日も来てんじゃないすか、センパイ」

「いや、話聞きたかっただけだから……。それより、納得してくれたならいいんだけど、このこと誰にも話さないでくれる？　裏世界のこと知ってる人間増やしたくないの」

「はあ。言っても誰も信じないと思うすけど」

「いいから……。マジで、絶対、お願い」

私が念を押すと、夏妃は鼻白んだように身を引いた。

「わかりました。言わないすよ」

「私じゃなくて茜理に約束して」

「え？」

「私との約束より、そっちの方が効き目あるでしょ」

「効き目って……」

「なっつん、お願い」

茜理に言われて、夏妃は不満そうに顔をしかめたものの、結局は頷いた。

「約束すっから、アカリ」

「うん」

茜理が満足そうに言って、二人で照れくさそうに笑うのを、やってられんという気持ちで私は眺めた。

関係者が増えると面倒くさいし、私はやっぱり、自分と鳥子以外の人間を裏世界に入れたくない。それは今でも変わらない。

ただ、夏妃に教えることになったのは仕方ないという気持ちもあった。

〈Tさん〉の件では、最終的に私の意思で茜理を巻き込んだ。そのときはっきりしたのは、いつの間にか茜理が、簡単に切り捨てることのできない、たった一人の、大事な私の後輩という位置づけに収まっていることだった。

茜理の微妙なストーカー気質に原因を求めることもできたかもしれない。抜け目のない茜理がこっちの油断につけ込んで、私の生活に入り込んできたのだと。でも、多分それはごまかしだ。ずっと塩対応を続けていたのにもかかわらず、私と仲良くしようとめげずに近づいてくれた茜理に、私が根負けしたというか……慣れてしまった。

茜理を「かわいい後輩」と見なしたとき、私は茜理に対する責任のようなものを感じてしまったのだと思う。一旦そうなると、私が原因で生じた茜理と夏妃の間のトラブルに関しても、知らん顔をすることはできなくなった。夏妃に裏世界のことを教えるという茜理の申し出を却下できなかったのは、そういう理由だ。

「あの、じゃあこれ、訊いていいかわかんないんすけど」

夏妃がチラチラ私を見ながら言った。

「何？」

「今年の一月に女子会やったじゃないすか」

「あっ、うん……」

口ごもる私に、夏妃が言った。

「あんときもなんか、変なことになった気がするんすけど……あれも裏世界？ってやつだったってことすかね」

「……忘れた」

「はい？」

「忘れて！」

5

「なんで夏妃にまで裏世界のこと教えてるの？」

小桜《こざくら》屋敷に集まって、茜理との顛末を報告すると、鳥子に冷たい声で言われた。

私は目を逸らしながらもぐもぐ答える。

「だってまさか泣くと思わないじゃん……」

「泣かれたくらいで言っちゃうんだ」

「いや、それは……」

「裏世界に行くのは私たち二人だけだって、この前言ったばっかりなのに」

「誰にも言うなっつっといて、自分で情報漏洩してたら世話ないな」

小桜が呆れたように言う。ぐうの音も出ない。

「夏妃が関心あるのは茜理のことだけですから」

「裏世界に興味がないから大丈夫って言いたいのか？」

「それ、茜理の身が危ないと思われたら即通報されたりするんじゃない？」

「空魚ちゃん、言っちまったのはもうしょうがないが、それならそれで、今まで以上にちゃんと面倒見ないとヤバいぞ」

「それは、はい……」

ひとしきり言われた後、ようやく話を閏間冴月の話に戻すことができた。茜理が「先生」のことをたいして憶えていなかったことを話すと、鳥子は解せないという顔になった。

「ほんとに……？　信じられない」

「うん。いろいろ訊いてみたんだけど、綺麗だったとか、大人っぽかったとか、抽象的なことしか言わないいんだよね。憧れの感情なんかはそれなりにあったみたいなんだけど、私も意外だった」

　茜理の口から語られる「閏間先生」の姿は曖昧で解像度が低く、本当にいたのかと疑いたくなるくらいだった。鳥子の感情の重さとはえらい違いだ。

「どう思います？　小桜さん」

「あたしに訊くの？　まあ……冴月はあちこちに手を出す奴だったけど、全員に対して同じような接し方をしてたわけじゃないからな」

「ん？　それはどういう？」

「冴月の瀬戸ちゃんに対しての関心が薄かったんじゃないか。あいつが本気で人を落とそうとしたら一瞬だ。だろ？」

　最後の一言は鳥子に向けられたものだった。鳥子は非難するように小桜を睨んだけど、何も言わなかった。

「受験のお守りとやらも、悪意というよりは、もっとドライに……試したのかもな」

「試した？」

「瀬戸ちゃんが裏世界絡みのトラブルにどう対処するかの実験」

「小桜、そんなひどいこと、いくらなんでも……」

　抗議する鳥子に、小桜は口元だけで笑って言った。

「そうか？　あたしは驚かないよ。しれっとそういうことしてもおかしくない奴だったから。実験の結果を見ることなく失踪したからミステリアスに思えるけど、目を付けた子がどれだけ〝使える〟のか探って、テストに合格したら一気に取り込むつもりだったんだと思う」

「合理的ですね」

「それに、そのときはもっと優秀な実験対象がいただろうしな」

今度は言われなくてもわかった。鳥子のことだ。

「私はそんなテストされてない」

硬い声で鳥子が言う。

「されてるよ。直接裏世界に連れて行くのが一番わかりやすいテストだ。そこで怖がらなかったから、こいつは使えると思われたんだろ」

思い当たる節があったのか、鳥子は顔を曇らせて黙り込んでしまった。

「小桜さんはどうだったんですか」

そう訊いてみると、小桜は私を睨み付けて答えた。

「冴月のテストには落ちたよ」

「落ちた――？」

「あたしも鳥子と同じように、神保町のエレベーターから裏世界に連れて行かれた。全然ダメだった。何も起きてないのに、怖すぎて一歩も動けなかった。それで失望されて、しばらくして連れてきたのが鳥子だったんだ」

自嘲するように小桜が言った。

「それでも一応、まだ親しい友達ではあるつもりだったんだが、冴月にとってのあたしは利用価値が大幅に落ちた資産にすぎなかったんだろうな。最近ようやく、それが呑み込めてきた」

「よかったです」

安心した私がそう言うと、小桜は目を剝いた。

「今よかったって言った？　ケンカ売ってんのか？」

「や、違います、そうじゃなくて……冴月さんへの気持ちの整理がついててよかったって意味です。これからやろうとしてること、どうすれば納得してもらえるか悩んでたので」

可能な限り言葉を選んだつもりが、小桜はますますしかめっ面になった。

「悪い予感しかしない前フリだな。何企んでるんだ、空魚ちゃん」

そう訊かれて、私はようやく今日の本題に入ることができた

「葬式を挙げませんか、冴月さんの」

「葬式——」

「やってないですよね？」

「どういう意味で言ってる？　寺でお経上げて、墓に入れるってこと？」

「それで気が済むならそれでもいいんですが、その前に、二度と化けて出ないようにお祓いしなきゃならないですね」

怪訝な顔の小桜に、私は自分の考えと、それに至る経緯を説明した。

「これ鳥子は知ってた話？」

小桜に訊かれて、鳥子がためらいがちに頷く。

「ふうん……」

小桜は宙を見ながら、椅子をゆっくりと左右に回して考え込んだ。

思ったより冷静な反応だ。もっと噛みつかれるかと思っていた。

「冴月の姿をした化け物がうろついてて、空魚ちゃんにまで手を出そうとしている、と」

「小桜はどう思う？」

「どうって？」

「空魚の考え。合ってると思う？　私、たぶん冷静に考えられてないから」

鳥子に苛立たしげな視線を投げてから、小桜は言った。

「空魚ちゃんのデリカシーのなさはちょっとびっくりするほどだが、そういう奴にしか言えないこともあるからな……。二度と戻らないことがわかっている人間への未練を断ち切って、生きている人間が先に進むために、そういう儀式が必要だというのも一理ある。そういう意味では賛成だ」

私に目を戻して、小桜は続ける。

「ただ、空魚ちゃんが言ってるのは、単に鳥子やあたしが納得するための儀式ってことじゃないよな。祓って鎮めるって、つまりは退治するってことだろ」

「直接的に表現したら、苦情が出たので」

「ハハ」

小桜が乾いた笑いを漏らした。

「言いたいことはあるがまあいいや。具体的にはどうするつもり？」

「最初は私も漠然としてたので、何か付け入る隙がないか、冴月さんの関係者に順番に話を聞いていこうと思ってたんですが。茜理と話して、ちょっと考えが固まってきました」

私が言うと、鳥子が意外そうに口を挟んだ。

「何もわからなかったんじゃなかったの？」

「冴月さんについてはね。どっちかというと、夏妃と話してて思いついたんだけど――」

頭の中を整理しながら、私は説明を始めた。

「まず、〝祓う〟って、どうすれば祓ったことになるのか考えてたんです。言葉自体は古くからあるものですし、一般的には神道とかの伝統宗教のお祓いをイメージすると思うんですが、宗教的なテクスチャを引っぺがしたら、どこも同じことをやってるんじゃないかと思うんですよ」

「ふん？」

「茜理が裏世界のことを夏妃に説明するときに、〝変な雰囲気になる〟って言ってたんです。あの子は中間領域しか知らないから、そういう表現になるんですけど。で夏妃が、お祓いってそういう空気を祓うために必要なのかって言って、それで気付いたんです」

私の話を、二人は訝しげな表情で聞いている。

「確かに、怪談ってそうなんですよね。何か起こる前に、まず空気が変わるんです。その空気が変わらない限り、異様な出来事が続いて逃れられない。つまり、怪談に対処するには個々の現象よりも、空気の方をなんとかする必要がある――と考えるとしっくり来る気がするんです」

「怪談に対処する、という言い方は合ってるのか？」

「私たちの場合、合ってると思います。裏世界の存在は、怪談の枠組みに乗っかってアプローチして来ますから、私たちはいつも、くねくねとか八尺様とか、目に見える化け物だけじゃなくて、それを含む枠組みと向かい合ってることになります」

「むしろそっちが本体なのかな」

自分の左手に目を落として、鳥子が言った。

「もしかして私の手が触れてるのって、それ？　〝怪談の枠組み〟？」

「あっ……そうなのかも！」

恐怖とは違うぞくぞくが背筋を走り抜けた。鳥子の言葉はかなり芯を捉えているように思えた。脳内に散らばっていたパーツが、ジグソーパズルのようにつながるのを感じた。

「……おい、大丈夫か？」

私が黙り込んだのを心配したのか、小桜が声を掛けてきた。

「すみません、ちょっと割り込みで考え事してました。えっと……」

「どうすれば冴月を祓えるのかって話だな」

「そうでした。さっき言ったとおり、お祓いがイコール〝空気を変えること〟だとしたら、閏間冴月が出てきたときにも、なんとかしてその場の空気を変えればいいということになります。これ、わりと確信があって……実は怪談でも、空気が変わって助かったって話はときどきあるんです」

「たとえばどんな風に？」

「結構よく聞くのは、エッチな話をするってやつですね」

二人がハァ？という顔になったので、私は急いで続ける。

「いや、ほんとなんです。ものすごくヤバい雰囲気になったときに、卑猥な言葉とかめちゃくちゃ言いまくって助かったって話とかあるんですよ。私は霊がどうとかあんまり言いませんけど、性は生命の根源なので、死の世界に属する霊の対極で……みたいな理屈は一応あります。古くからある考え方ですね。ほら、鳥子憶えてる？　潤巳るなのお母さんが、私に向かって魔除けのハンドサインしてたでしょ」

思い出したのか、鳥子が嫌そうに眉をひそめた。

「ああ……。あれ魔除けなの？」

「マノフィカっていって、キリスト教やユダヤ教で、災いをもたらす邪眼に対する魔除けの意味があるジェスチャー。だから私に対して使ったんだよ」

「この話どう受け止めればいいのかわからんのだけど、それは……お化けは性的なものに弱いってこと？　じゃあ何、冴月が出たらみんなでいっせいに猥談すればいいの？　面白すぎるんだけど」

小桜が半笑いで言った。思わず釣られて笑いながらも、私は首を横に振った。

「理屈はそうなるんですけど、実際に対面したら、そんなこと無理だと思います。冴月さんについては正直、今まで二人の話聞いてもピンと来なかったんですが、自分が出くわしてはっきりわかりました。あれは……ヤバいです」

だよな、とでもいうように、二人も頷いた。

「理解を得られてよかったと言うべきなのか、複雑な気分だな」

「今までも閏間冴月の影というか、バージョン違いみたいなやつとは何度か遭遇してますし、潤巳るなの前に現れたときもかなりヤバかったですけど——普通に話しかけてきたときが一番まずいですね。対話できない完全な怪物の方がまだマシなくらいです」

「今回、空魚ちゃんは直接対話したんだよな。それでも人間だとは思わなかった？」

「まったく思いませんでした。人の姿はしてますが、今の閏間冴月は〈Tさん〉みたいなものだと思います。高級なインターフェースというか……。姿形を含めて、生前から持っていた、他人をたらし込む機能がそのまま引き継がれているんだと思います」

「機能、か……」

小桜が呟いて、唇を曲げた。

「人の価値を機能で判断する女だったあいつが、裏世界に呑まれて、自分も機能として使われているとしたら皮肉が効いてるな。だんだんあたしも、ちゃんと葬式挙げて成仏させてやらないとって気になってきた」

鳥子も何か言うかなと思ったけど、特にコメントがなかったので、私は話を元に戻した。

「怪談って不謹慎なわりに変なところで上品なジャンルで、猥談系の話って珍しいんですよね。怖がらせたいところに性的な要素が入ってくると、それこそ空気が壊れるから避けられるのかもしれません。ともかく、エッチな話はあくまで空気を変える方法の例として挙げたまでで、弱点と言うには弱いです。性的な要素が入ってくる怪談ってエグいのが多いですし、普通にラブホとかで怖い体験する人いますし」

「ラブホ女子会でも変なこと起こったもんな」

「それはもういいじゃないですか」

この話意外と引きずるな、とうんざりしながら私は言った。

「これも有名な話ですけど、ファブリーズで除霊ができるみたいな俗説も〝空気を変える〟文脈に繋がってるんだと思います。香りでダイレクトに空気変わりますからね。線香焚くのも同じでしょう。音を鳴らすという手もあって、鐘とか鈴とかお寺に付き物ですよね。部屋に幽霊が出たから家中の電気つけてガンガンに音楽かけて朝まで頑張った、みたいな話もありますけど、怖い雰囲気を変えようとする試みという意味ではどれも同じです」

「ただ空気を変えればいいだけなら、伝統宗教のそういう方法でもいいような気がするな。線香焚いて、お経あげて、チーンって鳴らして……」

「はい。でも、それで冴月さんを祓えると思います？」

　二人が難しい顔になった。

「思わない」

「あたしも」

「ですよね。それはなんでだろうという話なんですが、たぶん呑まれちゃうんですよ、相手に」

「冴月の空気にってこと？」

「そうです。私思うんですけど、空気って、強い弱いがあるんです。強い空気を持つ方が、場を支配することができる。弱い方が強い空気を壊すのは難しい。これ、怪談がどうとか関係なく、生きてる人間でも同じですね。この空気を強化する手段が、儀式です」

「それはそうだな。空魚ちゃん結構人間がわかってきたじゃん」

「え、ありがとうございます」

　褒められたのかな？　と戸惑う私に、鳥子が不満顔で言った。

「よくわかんない。冴月は空気が強いから抵抗できないってこと？」

「うーん、たとえば……小学校とかで、やんちゃな子がいるとするじゃん。騒いで言うこと聞かなかったり、周りの子を小突いたりして。でもその子が、卒業式とかのちゃんとした儀式の場で同じ事やってたら、先生に怒られるより前に、なんだこいつって目で見られるでしょ。すごく場違いな、気まずい感じになる」

「言いたいことはわかる。それで？」

「でも同じ卒業式に、包丁を持った知らない男が入って来て騒いだらどうだろう。たぶんみんな凍り付くよね。いくら厳粛な儀式でも、たった一人に支配されることがある」

「そうかもしれないけど……それは暴力を持ってるかどうかの違いじゃない？」

「もちろんそれもある。というかむしろ、暴力は場を支配するためにすごく有効な方法で、だから私たちの銃は、裏世界の空気に呑まれないための手段としてしっかり効いてるんだと思う」

「ただし、銃があっても、空魚の目や私の手がなければ――」

「そう、通用しないから、単に大きい音を出す道具でしかない。私たちの場合はうまく嚙み合ったからよかったけど、そうじゃなかったら、効かない銃を乱射しながら逃げるっていう、ホラー映画でよくあるシチュエーションにしかならないだろうね」

「逆に空魚ちゃんの目だけあっても、銃がなくて素手のへろへろパンチだったら意味がないってことにもなるな」

「そうですね。その場合も相手の空気を壊すことはできないです」

「じゃあ何か、儀式とか関係なく、いきなりぶっ放せばいいってことか？」

「それが効くんだったらいいんですけど、決め手にならないことがわかっちゃってますから」

「というと？」

「私、今まで冴月さんの姿をしたやつ何回も撃ってるので……」

予想通りたじろぐ二人を無視して、私は話を続ける。

「だから儀式が必要だと思ったんです。閏間冴月の持つ強力な空気を、もっと強い、場の空気で押さえ込んで、こっちにはもう居場所がないんだって釘を刺さないと」

「そんなことできるか……？」

小桜が疑わしげに首をひねった。

「裏世界の私たちへのアプローチって、あんまり同じこと繰り返さない傾向があると思うんです。〈Tさん〉もあの後ぱったり出てこなくなりましたし。いろんな方法を試してるのか、ランダムに出てきてるのかわかりませんけど……。閏間冴月がしつこく私の前に現れるのは、私に対して有効な接触方法だと見なされてるからだと思うんですよね」

「空魚ちゃん個人に対して？」

「考えたくなかったんですけど、たぶんそうじゃないかなと。なんで元々縁のある鳥子や小桜さんじゃなくて私の前に出てきたかって考えると、いま閏間冴月に目を付けられてるのは私だと結論するしかないです」

そこまで言って、ふと心配になった。

「あの、もしかして私に言ってないだけで、実は二人のところにも出てきてたりします？」

「いや……」

「来てないよ」

揃って否定する小桜と鳥子は、似たような表情をしていた。

「よかった。じゃあ、私につきまとうのをやめてもらえばいいだけですね。それで話がひとつシンプルになります」

二人の顔に浮かぶ複雑な感情を無視して、私は軽く言った。

「空魚がやろうとしてるのはどういう儀式なの？」

「まだ考え中。でも少なくとも、二人には手伝ってもらうことになると思う」

「それはもちろん」

「ええ、やだ……」

椅子の上で身をよじって嫌がる小桜に、鳥子が眉を上げて言った。

「冴月のお葬式なんだから、小桜は出なきゃダメでしょ」

「やだよ、どうせまたクソ怖い目に遭うことになるんだろ」

「何が起こるかわかりませんけど、その可能性は高いですね」

「ほら見ろ。香典だけ預けるからよろしくやってくれや」

「この機会に縁切っとかないと、今度は私じゃなくて小桜さんのところに出るようになるかもしれませんよ」

小桜は額に手を当てて、しばらく黙り込んだ後、ぽつりと言った。

「……それはよくないな」

「でしょう？　家に一人でいるときに出たらめちゃくちゃ怖いと思いますし」

「怖いのもそうだが、いまさら来られても困る……本当に、いまさらだ」

長いため息をついて、小桜が言った。

「わかったよ。何をすればいいか固まったら教えろ」

「ありがとうございます」

「私は何すればいい？」

「鳥子はＤＳ研に行くのに付き合って」

「何しに行くの？」

「もう一人、閏間冴月と縁の深いやつがいるでしょ」

「……ああ」

思い切り顔をしかめる鳥子に、私は頷いた。

「そう。潤巳るなにも手伝ってもらおうと思って」

6

《かみこしさん来てくれたんだ　わーい♡》
なにがワーイじゃ、と思いながら私はガラスの向こうの潤巳るなを眺めた。
蛍光灯に明るく照らされたＤＳ研の病棟。特別に作られた完全防音の部屋で、潤巳るなは筆談用のホワイトボードを手にニコニコしている。
分厚いアクリルガラス越しにるなと向かい合っているのは、私と鳥子の二人だけ。汀《みぎわ》は離れた部屋から監視カメラで様子を見ているはずだ。

るなが私の隣に立つ鳥子にもひらひら手を振ってみせる。愛想いいように見えるけど、小馬鹿にしているのは一目でわかる。

またホワイトボードにるなが書き込んで、こっちに見せる。

《きょうはどうしたの》

私はマイクのスイッチを入れて言った。

「そっち行っていい？」

えっ、と驚きの声を漏らしたのは聞かなくてもわかった。返事を待たずに、私はドアの指紋ロックに手を当てた。〈Tさん〉の襲撃の後で病棟内の様子を見に行ったとき、私と鳥子の指紋はドアを開けられるように登録してもらっていた。分厚いドアが気密の破れるプシュッという音を立てて開いて、私たちは中に入った。

背後でドアが閉まる。るなはまだ驚いた顔をしていた。

「……え、もしかして釈放？」

冗談めかした質問だったけど、私たちが笑わなかったので、るなも真顔になった。

「いきなり何……？　怖いんですけど。私を処刑するか、釈放するか、二つに一つみたいな雰囲気じゃないですか」

「筆談だともどかしいから入ってきたよ」

「なになに？　怖い怖い」

「相談があるの。座って」

「な、何する気ですか」

「銃持ってないでしょ。話すだけ」

　私たちが素手なことにそれでようやく気付いたのか、るなは不審そうにしながらもベッドに腰掛けた。私たちは立ったままだ。

「紙越さん、そこの椅子使っていいですよ。一脚しかないので鳥子さんはすみません」

　鳥子は動かない。ちくちく挑発してもまったく取り合わず、無言のままでいるので、さすがのるなも落ち着かないようだった。無表情のまま黙って見下ろされると、鳥子は迫力があって怖い。私も何度か経験済みだからよくわかる。

「相談って……？」

「るな、閏間冴月のことどう思ってる？」

　私は単刀直入に切り出した。

　るなはへらへら笑って答えた。

「何ですかぁ、いまさら。それはもう、崇拝してますよぉ。るなのかわいい顔に聖痕を残してくださったんですから、私すっごく感激して――」

「そういうのはいい」

るなの口から垂れ流されるたわごとを、私は遮った。

「あんたが母親を殺されてめちゃくちゃに怒ってることくらいわかる。おためごかしは要らない」

るなの顔から表情が消える。半分は推測だったけど、当たったみたいだ。

「知った風なこと言わないでくれませんか」

「悪いんだけど、気を遣ってられないから」

部屋に一脚だけの椅子を机から引っ張って、背もたれを前に、るなと向かい合って座る。

「閏間冴月の葬式を挙げることになったの」

「死んでないでしょ、冴月さまは」

「まだね」

「ま、まだ？」

「ひとつ訊きたいんだけど、前回閏間冴月を呼び出したとき、何やった？」

「私が呼び出したわけじゃないですか？　向こうから来てくださったんですよ」

「最終的にはね。でも、その前にいろいろやってたでしょ、あの〈牧場〉で」

潤巳るなは閏間冴月との接触のため、〈牧場〉の建物をリフォームして、さまざまな怪談を再現する試みをしていた。「怪を語れば怪至る」理論を実地でやっていたわけだ。

「まあ、確かにいろいろやりましたけど。それを知ってどうするんですか」

「閏間冴月を葬るためには、まず呼び出す必要があるから。何が決め手だったのか知りたくて」

「葬るために、呼び出す……」

るなはうさんくさげに私を見た。

「穏やかじゃないですね。もしかして、冴月さまに何かしようとしてます？」

「向こうが始めたケンカだからね」

「紙越さん、冴月さまとやる気ですか？」

「今回は徹底的にやる。二度と私たちの前に現れないようにする」

るなはしばらく黙ってから、低い声で言った。

「それ聞いて私がどう反応するか、考えなかったわけじゃないですよね」

視界の端で、鳥子の手がぴくりと動いた。張り詰める空気の中で、私は言った。

「あんたの口を裂いて、お母さんを殺した女を、かばい続けたければそれでもいいよ。崇拝してるフリを続けるのも、あんたの勝手。そう簡単に切り替えられるわけじゃないだろうし。でも、正直になった方があんたも得だと思う」

「得？」

「るな、一生ここにいたい？」

手を振ってるなの部屋を指す。外部と完全に隔絶された、白くて清潔な独房。

るなが何か言おうと口を開いたところを、私は遮って言った。

「快適ですよぉ、とかつまんない嘘つくのはやめてね、時間の無駄だから。そういう癖になってるんだろうけど。こっちは真面目な話をしに来てるし、そのためにわざわざ危険を承知であんたの部屋に入ってるんだから、喋るならよく考えて喋って」

開きかけた口を閉じ、ためらうように開いて、また閉じて……。何を言えばいいかわからなくなったようにしているるなに、私はもう一度訊いた。

「ここにいたいの？」

「……いたくない」

とうとうるなが言った。

「こんなところで人生終わらせたいわけないでしょ。外に出たいよ。でも無理じゃん、るなの声危なすぎるし、出してもらえるなんて期待するだけ無駄だから」

「るなが出してもらえないのは、声が危ないからじゃないよ」

「それ以外に何があるの？」

「何をするかわからないからだよ」

自分の右目を指して、私は続けた。

「私の目、ちょっと人を見るだけで発狂させることができるのね。これがめちゃめちゃ危険なこと、考えなくてもわかるよね。でも私はあんたと違って閉じ込められてない。なんでだと思う？」

「ここの人と友達だからじゃないの」

「見境なく人を狂わせたりしないって思われてるからだよ」

「私だって、そんな……」

「あんたはたくさんやったでしょ。別にそれを悔やんでる様子もないし」

「じゃあ何？　私が出られないのは、犯罪者だからじゃなくて、反省してないからってこと？」

るなが開き直ったように言った。

「反省とかは知らない。あんたの内心の問題だから、やりたきゃ勝手にやればいい。知りたいのは、これから先あんたが同じことをするかどうか」

「よくわかんない。何が言いたいんですか？」

「DS研は、あんたをどう扱うか困ってるの。ここ警察とか、刑務所とかじゃないからね。

法執行機関じゃない民間の団体が、未成年を監禁してるわけ。あんたは病人じゃないから、入院ってわけでもない。でもあんたの〈声〉は危険すぎるから、めちゃめちゃ厳重に警戒しておかなきゃならない。あんたには金持ちの後ろ盾がないから、その費用もこっち持ち。あんたを一生閉じ込めておくなんて、別に誰もやりたくないの」

この辺の説明は汀の受け売りだ。先を続けようとしたら、突然、るなが激昂した。

「ああそうですか！　ここの人たちも私を放り出すんですね！」

「は？」

自分の座ったベッドを怒りにまかせて叩きながら、るなが興奮した言葉を吐き出す。

「ですよね！　厄介払いしたいんだ！　私なんか要らないから！　そうでしょうね、知ってました！　それなら放っておいてくれませんか!?　出してくださいよ、今すぐ！　言われなくても出て行きますから！」

意外な反応だった。顔を真っ赤にして叫ぶるなの頬に、傷跡が白く浮き上がっていた。

鳥子がさっと私に目を向けて、前に進み出ようとする。私は首を横に振った。るなは〈声〉を使っていない。ただ怒っているだけだ。私はるなのテンションには付き合わずに言った。

「だから、出したら何するかわかんないから出せないんだってば」

「じゃあどうしろって言うんですか！　何もしませんって約束したらいいの⁉」

業を煮やしたるなが叫ぶ。

「うん。そう」

「……え？」

「約束してくんないかな、何もしないって。見境なく〈声〉を使いませんって」

るなはぽかんと私を見返した。

「……それだけ？」

「それ以外に何かできるの？」

ベッドから浮かせた尻を、るながゆるゆる戻す。

「約束だけで、出してくれるっていうんですか？　信じられないんですけど」

「まあそうだよね。でもほんとに、それが私の言いたかったこと」

「正気ですか……？　私が言うのも変ですけど」

るなは私から鳥子に目を移した。

「仁科さんも同じ意見？」

「私は反対」

この部屋に入ってから初めて、鳥子が口を開いた。

「ですよね。よかった、私がおかしくなったのかと――」

「反対だった。でも、ちゃんと冴月とお別れするために、るなが必要なら、仕方ないのかも」

「ええ……？　ほんとにそれでいいの？」

るなが薄気味悪そうに鳥子を見る。鳥子はそれ以上何も言おうとしなかったので、私が代わって言った。

「私たちも結構話し合ったんだよ、るなをどうするかについて。いつまでも閉じ込めておくわけにはいかないだろうとはみんな思ってるんだけど、じゃあどうすれば安心して連れ出せるのかわからなくて」

「ほんとですか？　そのうち殺されるんだろうなって思ってました」

「そのつもりならいつでも殺せたでしょ。殺すまでいかなくても、手術で声帯取って放り出すなんてこともできた」

「怖。なんでやらなかったんですか」

「一回助けちゃったからじゃない？　ここ一応医療施設だからね。あんたまだ子供だし、さすがに気が咎めるんでしょ」

「意外と甘いんですね」

「私も鳥子も、あんたを殺したいほど憎んでるかっていうと、そういうわけじゃないし。あんたに洗脳されてた人やその家族はどう思ってるか知らないけどね」

「紙越さんはそうかもしれませんけど、仁科さんは私なんかいつでもぶっ殺したいんじゃないですか？」

「恩に着せる気もないから言ってなかったけど、閏間冴月に下顎もがれかけて気絶してたあんたを助け出そうとしたの、私だけじゃなくて、鳥子もそうなんだよ」

「えっ」

意外そうに声を漏らして、るなが鳥子を凝視した。鳥子は渋い顔になって、るなを睨み返した。

「なに？　見捨てて帰ればよかった？」

「…………」

「過去の話はおいといて……るな、あんたにも手伝ってほしい。ここから出してあげる。でもそのために約束してもらいたいの。もう誰かれ構わず他人を洗脳したりしないって」

「そんな約束、何になるっていうんですか。私が破ったら終わりですよね」

「うん……でもね、多分私たちみたいな人間は、口約束を大事にするしかないんだよ」

「なんでですか」

「私たちも、あんたも、社会とか法律とかの外に踏み出しちゃってるから。何かあったときに、社会の仕組みに助けてもらうことができない。となると、それぞれの間で交わした約束を大事にするしか、生きる方法がないんだよ」

「言ってる意味がよくわからないんですけど……」

困惑顔でるなが呟く。

「まあ理屈はいいよ。話をシンプルにすると、いい子にして手伝ってくれるなら、ここから出してあげられる。最後に閏間冴月の顔を見ることもできるかもね」

「手伝うというのは、冴月さまのお葬式を？」

「そう」

「冴月さまを、葬る……本気で言ってるんですか？」

「じゃなきゃわざわざ来ないよ」

私は立ち上がって、椅子を元の場所に戻した。

「考えておいて。あと、閏間冴月を呼ぶためにどんなことしたのか思い出しておいて、また訊くから」

部屋を出る私たちを、るなは黙って見送っていた。

〈声〉も使わなかった。

した。

「疲れた……」

るなの部屋を出て、汀の待機していた会議室に戻った私は、テーブルに突っ伏して脱力した。

無防備な後頭部に、鳥子がペットボトルのお茶を載せてきた。つむじの頭皮が冷たい。

「おつかれ」

「普通に渡して……」

手を持ち上げてお茶を取って、身体を起こす。

「ごめんね鳥子、我慢させちゃって。ぶん殴りたくてうずうずしてたでしょ」

「そこまで暴力的じゃないよ！」

鳥子に抗議されながら、ペットボトルを開けて口を付けた。何の変哲もないお茶が身体に染み渡る。

るなと長時間同じ部屋にいるのは危険すぎる——るなの〈声〉の脅威はまったく去っていないし、私と鳥子、どちらかの集中力が途切れたタイミングで不意打ちされたらやられるから、るなのペースに巻き込まれる前にさっさと話を終わらせた方がいい。そういう考えに基づいて、ブワーッと押すだけ押して帰ってきたのだ。私以外にやれる人間がいないから頑張ったけど、慣れないことをして本当に疲れた。

るなをどうやって協力させるかについては、鳥子とも、汀ともだいぶ相談した。閏間冴月を召喚するにあたって効果的な手を探りたかったのと、もし可能ならるなの〈声〉を有効活用できないかという目論見があったのだけれど、話していくうちに、そう都合よく協力させることは難しいだろうと気付いてしまった。シンプルに裏切られる可能性が高いし、拘束して連れ出して、いいタイミングで〈声〉を使わせるなんて、どう考えても無理がある。

でもどうにかして、るなを計画に組み込みたかった。るなの持つ経験や能力以上に、あれほど閏間冴月と深い縁ができてしまった人間を放っておくとよくない気がした、という理由が大きい。

理屈というよりもう勘だけど、この勘には従った方がいいように思った。怪談の因果は人や物の縁を起点に巡る。るなを放置したまま閏間冴月の葬式に臨むのは、バカでかいセキュリティホールを残したままでコンピュータウイルスだけ駆除するようなものだ。穴が残っている限り、遅かれ早かれまた侵入される。安全を期すなら、るなを葬式に参列させて、きっちりケリをつけさせたかった。

そのためにどうするかをさらに話した結果、更生を視野に入れた上で、潤巳るなを私と鳥子の監督下において、ＤＳ研から解放するしかないんじゃないかということになった。るなに話したことに誇張はなく、他のプランは一生閉じ込めるか、殺すか、声帯を摘出するかという殺伐としたものばかりで、スキンヘッドの医者の先生からは明確な反対が表明された。「行動に問題があるとはいえ、健康な人間、しかも未成年に、そういった形で手を下すことは、職業倫理上も個人的にも賛成できない」とのこと。以前るなのカルトの襲撃で自分も怪我を負わされたのに、聖人かと思った。

「お疲れさまでした。実際話してみていかがでしたか？」

テーブルの向こうの汀が、ノートＰＣを閉じながら訊ねた。

「ちょっと話がとっ散らかったかもしれませんが、こっちの意図は伝わった……と思いたいです」

「空魚、るなが本当に改心すると思ってるの？」

「うーん、何をもって改心というのか難しいけど。本人にも言ったとおり、心の中で何考えてても構わないんだよ。言動が改まればそれでいいと思ってる」

「るなに甘くない？」

「あいつには興味ないから安心して」

「そういう問題じゃなくて」

鳥子が不安に思うのももっともだとは思う。確かに考えが甘いのかもしれない。でも、だからって、他にどうすればいい？　現実問題、いくら危険だからといって、簡単に人を始末できるわけじゃない。私たちはヤクザでも政府の秘密組織でもないのだ。汀はその二つにかなり近い気もするけど……。

「汀さんはどう思います？」

「私もいろいろやってきた人間ですし、本当に避けようのない状況に陥ったらしなければならないことをするでしょうが、気は進まないですね」

汀は淡々と言った。

「再三申し上げた通り、潤巳るなを解放するとなれば、その瞬間から私たちは大きなリスクを負うことになる。しかし、紙越さんがその選択をするなら支持します。お二方の監督だけで充分かどうかが、その次の問題になります」

「参考までに訊きたいんですけど、こういう場合って定石みたいなのあるんですか？」

「と言いますと？」

「危険人物の手綱をとって、うまくコントロールするような……」

現に汀は、私に対してそういうことをしている。〈牧場〉の管理契約まわりのやりとりで、それが理解できた。

「地位や家族など失うものがある人物に対しては、弱みを握っておくというのが普通ですが……」

「難しいですよね。るなは失うものがないから」

「そもそも、潤巳るなを脅迫するのは危険です。敵と見なされたら最後、いつかはこちらが制圧されて支配下に置かれると見ておいた方がいいでしょう……ストレートに脅迫しなくとも、たとえば金銭的な支援を継続して、それがなければ生活が破綻する状態を保つという手もあります。土地や店舗を貸して、ビジネスを成功させるというのも有効ですね。そこから逃げることができなくなりますから」

「じゃあ、住む家与えます？　すごい贅沢言いそうですけど」

「まあ、最初は病室を出入り自由にするところから始めるのがいいでしょうね。様子を見ながら、おいおい考えましょう」

「様子を見ている間に裏切られたらどうするの？」

鳥子が訊ねる。汀は冷静な口調で答えた。

「いきなり殺される心配はあまりないと思います。まず〈声〉を使って洗脳しようとしてくるでしょう。こちらから定時に連絡を入れるようにしますので、それが途絶えたら異常が発生したと思っていただければと。そうなった場合助けに来ていただく必要がありますから、当面、施設に入る権限をお二人にもお預けします」

「権限――」

「具体的にはエレベーターの入力パネルの鍵と、キーコードですね。事前に打てる手は他にもいくつかありますから、緊急事態には何らかの形でお二人に情報が行くようにしておきます。懸念が懸念で終わるに越したことはないですが、事が生じた場合の深刻さが大きいので、可能な限り予防措置は講じましょう」

「え、今さらっと言いましたけど、鍵なんてもらっていいんですか？　いつでも勝手にここに入れるようになるってことですよね？」

「そうなりますね」

私は戸惑って、鳥子と顔を見合わせた。

「確かに必要かもしれないですけど、ほんとにいいんですか？　私たち、ＤＳ研の職員じゃない外部の人間なのに。小桜さんだって鍵持ってないですよね」

「信頼の証と思っていただければ」

経験豊富で用心深いはずの汀にそんなことを言われて、私はかえって心配になった。客観的に見れば私や鳥子だって、るなと同じ、危険な能力を持つ第四種接触者にすぎない。私が無欲な人間でもないし人格者でもないということだって、汀はよく知っているはずなのに。

「不思議ですか？」

「まあ、正直……。なんでそこまで信頼されてるのかわかりません」

私の答えに、汀は面白がるような笑みを浮かべた。

「そうですね、潤巳るなの件にも通じるので、少しお話しますと……反社会的な集団が、しばしば擬似的な家族を形成するのはどうしてだと思われますか？」

「反社会な集団って、ヤクザとかですか？」

「はい。ヤクザやマフィアといった犯罪組織は、〝オヤジと子〟や〝血の絆〟などと呼ばれるような、血縁関係がない構成員同士での疑似家族関係を標榜することが多いんです。理由はいろいろありますが、組織の外の道理よりも、この〝家族〟が優先されるという筋道を立てる意味が大きいといえます。法の外で活動する犯罪組織の中では暴力と金で善悪が決定しますが、それは同時に、まさにその暴力と金によって組織の秩序が崩壊する危険があるということも意味します。本当にそれしか基準がない場合、上の者より大きな武力や金銭を手にしたら、下克上するのが最適解になりますからね」

大学で教えられそうなくらい淀みなく、汀が説明する。

「いくら権力があったとしても、常に下の者の不満を押さえ込むことはできません。力がものをいう集団ではなおさら理不尽がまかり通りやすいですからね。そこで、金額や頭数といった数値とは別の評価軸が必要になってきます。そのために有用なのが家族という枠組みで、〝親〟や〝兄貴〟に逆らうことはタブー、面倒を見てやるから、同じファミリーの一員としてしっかりやれ、という形になるわけですね」

「さっき、空魚がるなに言ったこととちょっと似てる」

「え、そう？　なんて言ったっけ」

「私たちは社会に頼れないから、口約束を大事にしないとって」

「あー……似てるかな？」

言われてみればそんなことを口にしたかもしれない。るなに会話の主導権を渡したくなくて、思いついたことをどんどん喋っていたから、正直あまり憶えていなかった。

というかこの流れで似てるなんて言われたら、私が反社会的集団と同じ思考をしているってことになってしまうじゃないか。不本意だ。

つい不満顔をする私に、汀が続けた。

「紙越さんは本質を捉えていらっしゃると思います。潤巳るなをどう制御するかを考えると、どうしても無理が生じますよね。あの〈声〉を使われたら終わりですから、向こうの方がシンプルに強い。お二人の存在がなければ詰んでいます」

汀が何を言いたいのか、だんだんわかってきた。

「つまり……るなを更生させるなり、協力させるとしたら、私たちの〝ファミリー〟として取り込む必要があるってことですか」

「そういうことです。実際にファミリーという言葉を使うかどうかはともかく」

私は首を横に振っていやいやをした。

「やっぱり家族ってクソですね」

汀がフッと笑って言った。

「紙越さんがそういう言葉を使われるのを聞くのは新鮮ですね」

「え、そうですか？」

「かなり抑制の効いた方というイメージがありましたもので」

そうだったのか……。表情はわかりやすいらしいので意外だ。

いや、逆か。思っていることが顔には出てるけど口では言わないから、そういう評価になるのか。

「面白くないかもしれませんが、それだけ人間にとって家族という枠組みはうまく機能するということです」

「嫌だなあ……」

「そんなに嫌？」

鳥子に訊かれて、私は頷いた。

「もともと家族ってものにいいイメージなかったけど、さらに嫌いになった」

「そこまで悪いものでもないと思うよ……？」

「鳥子はそう言うだろうけど」

眉毛がしょんぼり下がっているのを見て、私は少しトーンダウンして答えた。鳥子が亡くした家族までけなしたいわけじゃない。

「まあなんか、わかりました。要は、しがらみに絡め取られると簡単には裏切れなくなるってことですね。そのためにはファミリーの形式が効果的だと」

「その通りです」

「ねえ、私たち人を更生させる話してるんだよね？　そういう言い方はちょっと……」

るなを嫌っているはずの鳥子の方が、傷ついたような口調で言った。

「鳥子は優しいね」

「そ……そう、なのかな」

鳥子は困惑した様子で考え込んでしまった。私は一つ思い出して、汀に訊ねた。

「ファミリーといえば……小桜さんが霞を引き取るって話、聞いてます？」

「伺っています。こちらとしては渡りに船ですが、大丈夫そうでしたか？　一人暮らしの女性が、いきなり神出鬼没な未就学児童と暮らすというのは、なかなか大変だと思います。無理されていなければいいのですが」

「わりと心は決まってるみたいでした」

「そうですか。そちらの件についても、何かとご助力をお願いすることになると思います。お手数ですが、引き続きよろしくお願いします」

話は終わった。まだ仕事をしていくという汀に見送られて、私たちは会議室を出た。

「あ～～～、疲れた疲れた」

伸びをしながら私は言った。

「るな、どうするかなあ」

「その気になればお金でも家でも手に入る能力があるから、要求が高そうだよね。ワンルームのアパートとか提供するだけじゃダメかも」

「羨ましい。私なんか人を発狂させられるだけだもん」

「私はもっと使い勝手悪いよ。自分には見えない何か気持ち悪いものに触《さわ》れたところで、だから何？って感じだし」

「るながさ、港区のタワマン住みたいとか言い出したらどうする？」

「わかんないよ、逆に鎌倉の古民家とかが好みかも」

「渋すぎる。絶対ないでしょ」

ようやく緊張が解けた私たちは、くだらない話をしながらエレベーターホールに向かって廊下を歩いていった。

ホールの手前で、鳥子がふと足取りを緩めた。

「どうかした？」

「ちょっと、こっち来て」

鳥子が階段の降り口に私を引っ張り込んだ。

戸惑っているうちに、廊下から見えない位置に押し込まれたかと思うと、正面からぎゅっと抱きしめられた。

「なに、なに」

「ふえっ、な、なに？　どうした？」

不意打ちに気の抜けた声が出てしまう。

「空魚かっこよかった……」

「え、あ、そう？　どこが？」

「るなと話してる間ずっとかっこよかった。抱きつきたくて今まで我慢してたの」

「我慢しきれなかったかぁ……」

「声低いし迫力あるし、ずるいよあれは」

ん？　茜理が「閏間先生」を形容した言葉と同じだな……。

そう思い当たって、なんとなく意地悪な気分になった。

壁に押しつけられてどっちみち逃げ場がないので、私は耳に口を近付けて、わざと低音で言ってみた。

「声低いの、弱いんだ」

鳥子の肩がビクッ！と跳ねて、上体がのけぞった。

お、効いた……？

鳥子は耳を押さえて、信じられないという顔で私を凝視している。よく見るとぶるぶる小刻みに震えていた。

「どうかした？」

「い、いまのは反則」

「あ、そう？」

「何するの、いきなり……」

「この前囓られたお返し」

「…………！」

動揺しきった鳥子が何か言い返そうとしたそのとき。二人のすぐそばに、小さな人影が立っていることに、私たちは同時に気がついた。

ギャッと叫んで飛び退く私たちを、不審げに見上げているのは——霞だった。動くとガサガサ音がするような素材の、蛍光ピンクのジャンパーを着せられていて、普通なら百メートル先からでも気付きそうだ。この子にはほとんど役に立たないみたいだけど。

「びっ……くりしたあ」

ドキドキ痛い心臓を押さえて、なんとか私は声を出した。鳥子も相当不意打ちだったらしく、壁に手を突いてがっくりうなだれている。

「ど、どうしたの？　元気でやってる？」

「女」

「え？」

霞は階段の下を指差して、もう一度言った。

「女」

それしか言わないので、なんのこっちゃ、と手すりから見下ろしてみた。

下の階の戸口から、通路の床が覗いている。暗い中にうっすらと光が差しているのが見えた。

たしか下の階には研究室が並んでいて、常駐の職員がいない今はほとんど使われてないはずだ。私と鳥子は二回だけ行ったことがある。最初はコトリバコの件で、閏間冴月の研究室を調べに行ったとき。次は潤巳るなが襲撃してきたときだ。

……女だって？

嫌な予感にゆるゆる顔を上げたら、隣の鳥子と目が合った。同じことを考えている顔をしていた。

私たちはその場に鞄を下ろして、マカロフを抜いた。弾を確認してから、意を決して階段に足を踏み出す。踊り場まで来て振り返ると、霞はその場を動かずに、しゃがんで私たちを見下ろしていた。

「そこにいて」

小さい声で、今更ながら私は言った。霞は何も答えない。わかってるのかな、と思っていると、今度は鳥子が言った。

「誰、おじさん呼んできて」

「おじさんって」

「汀のおじさん」

「ああ」

霞は首を傾げたけど、やっぱり動かなかった。

「まあ……おとなしくしてくれてるならそれでいいや。ちょっと様子見て、人手が必要そうだったら電話しよう」

「わかった」

実際、裏世界絡みなら汀よりも私たちの方が「専門家」だ。最初は事情を知らない茜理が口にした、ピントのずれた形容だったはずなのに、事実の方が追いついて、すっかり定着してしまった。

私たちは階段を降りきって、暗い廊下を覗き込んだ。廊下の途中で一つだけドアが半端に開いていて、中から漏れ出た明かりが扇形に床を切り取っている。

「ねえ、あそこって」

「冴月の部屋だ」

鳥子が硬い声で言った。やっぱりそうか……。

私たちは慎重に廊下を進んでいった。途中の壁に電気のスイッチがないか探したけど見つからず、最後まで暗い中を歩くことになった。

戸口に辿り着いて、おそるおそる覗き込む。見える範囲に異常はない。ただ明かりがついているだけだ。鳥子と目くばせして、室内に踏み込んだ。

誰もいない。閏間冴月の研究室は、最初に来たときのままだった。天井の高い部屋、窓はなく、スチールの本棚に大きなデスクが取り囲まれている。壁のボードに貼られた地図や切り抜き、付箋や書き込み……。潤巳るなもこの部屋は荒らさなかった。その後も手を付ける人がいなかったのだろう、あちこちにうっすら埃が積もっている。それを除けば、以前の記憶と寸分違わない状態だ。

……あれ？

微妙な違和感に、私はふと眉をひそめた。

何かがおかしい気がする。何も変わっていないはずなのに……。

マカロフを片手に、私たちは室内を隅々まで点検した。右目の視界には、怪しいものは映らない。思い過ごしかと疑ったけど、いや、そんなはずはなかった。わざわざこの部屋だけ電気がついていて、おまけに霞が何かを——女を見ているのだ。今の状況で、そんな意味ありげな思い違いなんてあり得ない。

絶対に何かあるはず。私たちをここに招き寄せた何者かの意図が……。

デスクの後ろに回り込んで、部屋をもう一度見回す。天井……壁……本棚……床……、……デスクの上。

視線を下に向けたとき、それが目に入った。

デスクの上に置かれた、B5サイズの分厚いノート。

黒革の表紙で綴じられたそれは――

――閏間冴月のノート！

違和感の正体がわかった。以前来たときとまったく変わらないこと、それ自体が異常だったのだ。このノートは潤巳るなに奪われて、閏間冴月と一緒に消えた。ここにあるはずがない！

周りの天板も、積み上げられた科学雑誌や筆記用具も、埃でうっすら白いのに、ノートだけがまっさらに黒かった。まるでたった今そこに置かれたように。

「鳥子、これ――！」

顔を上げると、鳥子は正面の壁際で、愕然とした表情のまま凍り付いていた。左手を不自然にやや横に伸ばしている。

「空魚」

震え声で鳥子が言った。

「私の横に、誰か見える？」

ただごとではない様子に驚いて、急いで右目に意識を向けた。

誰もいない。鳥子一人だけだ。

「いないよ」

「いるの」

鳥子はふるふると首を横に振った。

「手を、握られてる」

「え⁉」

何度見ても、鳥子の横には誰もいない。でも鳥子は、はっきりと恐怖していた。剝き出しの左手は、なぜか指と指の間が広がった半端な鉤爪のような形になっている。見えない誰かが手を重ねてきて、指を絡められたら、ちょうどそんな感じになるだろう――。

「この手、ああ、うそ、この手、知ってる」

呻くように鳥子が言った。

「冴月の手だ」

その一言で、はっと自分を取り戻した。デスクを回り込んで、鳥子のもとに駆け寄る。

「鳥子！」

「空魚、どうしよう、どうすればいい？」

よろめく鳥子を、私は捕まえる。その顔は血の気が引いて真っ白だった。

「いるの？　そこに、閏間冴月がいるの!?」

「いる！　間違いない、この感じ、絶対に冴月、でも——」

悲鳴のような声で、鳥子が言った。

「手が——冷たい！」

鳥子の隣の空間を、私は穴が空くほど凝視した。だめだ、見えない。いくら右目に意識を集中しても、何も現れてこない。

何もない空間に銃を向けて、躊躇する。撃っていいのか？　撃ったとして、当たるのか？　鳥子だけが触れていて、私には認識できない。このパターンは初めてだ。反対に、私の目で見えているのに、鳥子が触ることができないということはあったか？　なかった気がする。

撃つ前に、その場所を手で払ってみた。なんの抵抗も受けずに素通りする。ということは……ダメだ。手も銃も同じ物理、私が撃っても当たらないだろう。

「鳥子！　相手の手、摑んでるんだよね？」

「摑まれてる！　振り払えない！」

「撃って！」

「えっ!?」

「私が撃っても効果ないけど、鳥子なら当たるはず！」

「そんな――」

躊躇する鳥子の身体が、強く手を引かれたみたいに、急につんのめった。支えていた私もろとも、危うく転ぶところだった。どうにか踏みとどまった私は、鳥子の手を見て驚愕した。消えかけている。もともと透明な左手が、見えない水面に突っ込んだかのように、指先から徐々に空気に溶け込んでいく。

鳥子が連れて行かれる――！

恐怖に駆られて私は叫んだ。

「撃って――早く撃って!!」

鳥子の銃が持ち上がって、引き金の上で人差し指がためらった。

早く！　早く撃て！

私の焦りとは裏腹に、鳥子の指は止まってしまった。最後の最後で、撃つのを躊躇している。私はとっさに、銃を持つ手に自分の右手を重ねた。ハッと息を呑んで、鳥子が私を振り返る。私は頷いて、重ねた手に、上から力を込めた。固まっていた人差し指が、手の下で緩んで――動いた。

銃声が弾けた。

「あっ……!」

引く手を急に放されたみたいに、鳥子がバランスを崩して、後ろにひっくり返った。今度こそ私も巻き込まれて、二人とも尻餅をつく。

銃声の残響と、目に焼き付いた銃口炎。持ち上げられた鳥子の左手は、爪の先までちゃんと揃っている。そのことに安堵はしたものの、今までになかった攻撃に、二人ともしばらく呆然と座り込んでしまった。銃声を耳にした汀（と、おまけの霞）が駆けつけてきたときも、私たちはまだそのままだった。

7

「冴月のノートが戻ってきた……？」

小桜が血相を変えて椅子から立ち上がった。

私が黙ってノートを見せると、小桜は顔を近付けて、何も言わずにしばらく黒革の表紙を凝視していた。

「……なんでだ？」

小桜がじりじりと後ずさり、椅子にどさっと座った。

「閏間冴月が、ＤＳ研に来て置いていったんだと思います……多分」

「見たのか？」

「私は見てません。というか見えなかったです。でも――」

振り返ると、鳥子が青ざめた顔で頷いた。

「手を握ってきたの。間違いなく冴月だった」

「マジかよ……」

椅子の上にあぐらを掻き直して、小桜が唸った。

「そのまま引っ張られて、危うく鳥子が連れて行かれるところでした」

「ヤバいじゃん」

「ヤバかったんですよ」

「なんでノート持ってきたの？」

「置いていくとまずい気がして……」

「いやわからんわからん、よく触れるなそんなの」

「小桜さんだってさんざん調べたって言ってたじゃないですか」

私の指摘に、小桜は激しくかぶりを振った。

「あれ以来無理だわ、もう見るのも怖いもん」

「あれって、潤巳るなの件ですか？」

「そうだよ！」

「一応訊きますけど、ノートの中身見たいですか？」

「見ない！　てか、え？　また中見たの、おまえら？」

「ううん」

「見てないです。前に読んだときはコトリバコ投げ込まれましたから」

あのときの顚末は、最初は黙っていたものの、隠し事がバレてから二人には話してある。白状したといった方が近いか。私が読み上げたノートの中の文言は、その場に閏間冴月を呼び出すトリガーになっていた。後から思うとあれは閏間冴月本人ではなく、その後私につきまとうようになったヴィジョンの先駆けだったのだろう。でも、実体のないヴィジョンといえども無害とはほど遠かった。まるで手榴弾みたいにコトリバコを放っていったのだから、凶悪にも程がある。

「あのノートをわざわざ戻しに来たとなると……また罠か？」

「そう思うのが普通だよね」

「前回は口に出して読んだのがまずかったんだと思いますけど」

「やめとけって。黙読でも何が起きるか知れたもんじゃない」

「ですよねー」

と言っていると、横の鳥子が何かに気付いたみたいに声を上げた。

「……ああ、でもわかっちゃったかも、私」

「どうしたの？」

「前回冴月を呼んだとき、何やったかって聞いてたじゃん、るなに」

「うん」

「元々あの子、冴月を呼び出そうとして〈牧場〉でいろいろ試してたけど、結局そっちには出てこなかったわけだよね」

「そうだろうね、うまく呼び出せてたらふんぞり返って自慢してただろうし」

「でもさ、思い出してみると、DS研の保管庫に冴月が現れたとき、直前に何やってたかっていうと──」

あっ、と私は思わず手を叩いた。

「ノートだ！　ノート読んでた！」

そうだった。〝ありがとう女〟──潤巳るなのお母さんが、研究室からパクった閏間冴月のノートを手にしていたのを憶えている。

「あれ、でも待って。あの場ではまだ、読んではいなかったんじゃない？」

「そうだっけ？」

「だって読めるはずないもん、私の目がなかったら……。そうだ、思い出した。裏世界に入ったら読めるようになるから、ノート奪って裏世界に行って、閏間冴月を召喚しようとしてたんだ」

「そっか、ノートを読んだのが直接の原因ってわけじゃないのか。じゃあ、どうやって出て来たんだっけ？　考えてみたら私、その辺がよくわかってない。気がついたら裏世界にいて、目の前に冴月が立ってて……あれ、でもその直前に冴月が来たとかなんとか話してたような……？」

不思議そうにしている鳥子に、私は気まずい思いをしながら答えた。

「それは、ほら……私にだけ見えてたのを秘密にしてて……」

「あ、そうか！　だからか。最初に小桜が気付いたんだっけ？」

「あたしは全然憶えてない。るなの〈声〉にやられてから、ずーっと夢の中にいるみたいにぼんやりしてたところに、いきなり裏世界に放り込まれたショックで正気づいた」

私もあのときは精神的に限界だったから、二人の視点からの証言で記憶が蘇った。

閏間冴月の前に鳥子が進み出ていって……パニックに陥っていた私を、小桜がどやしつけてくれたんだ。

――あれは冴月じゃない！　早く捕まえろ、鳥子が行っちゃうぞ！

「小桜さん……あの場で一人だけ、あれは閏間冴月じゃないって言ってましたよね。初見だったるなはともかく、鳥子も騙されたのに。なんでわかったんですか？」

「騙されたって言わないでよ……」

不服そうに言う鳥子。小桜の顔に苦い笑いが浮かんだ。

「あたしの知ってる冴月じゃなかったってだけだよ」

「それはどういう意味で……？」

「冴月は人を人とも思わないような奴ではあったけど、当の本人は、そういう諸々の欠点を含めて人間だったってこと。でもあそこで出てきたのは、ガワこそ冴月だったが、違うものだった。あたしがそばで見ていたものが、全部なくなった……抜け殻だった。あんなの一目でわかるわ」

「私には……わからなかった」

鳥子が沈んだ声で言う。小桜は鼻で笑った。

「無理もないだろうな、おまえガキだったもん」

「そんな言い方――」

「偶像を崇拝してたから偶像に騙されたんだ。そういう意味では、おまえもるなもたいして変わらないな」

遠慮のない、突き放した物言いに私は怯む。

唇を噛む鳥子に向かって、挑発するように小桜が言った。

「今はどうだ？　大丈夫そうか？」

キッと小桜を睨み付けて、鳥子が答えた。

「今はもう違う」

「だといいな。偶像が好きな奴は、最初のが壊れたらすぐ新しい偶像に乗り換える……そうやって、いつまでも目を覚まさないでいる奴が大勢いるんだ。おまえら見てるとその辺危なっかしいから、二人とも気を付けて――」

シームレスに説教に移行したところで、タイミングよく電話の呼び出し音が鳴り響いた。

「鳴ってますよ」

「見りゃわかるよ……汀からだ」

小桜がスマホの画面を確認して言った。

「もしもし？　ああ、どうも。うん。そうそう。え？　来てるけど。うん。聞いてるかって何を？　ノートの件なら――ああ、潤巳るなの。聞いた聞いた、更生計画があるんだって？　大変だね。いや、ははは。いやいや。ほら、こっちはこっちで、霞の件を具体的にさ……。えー？　うん？　は？　え、何言ってるの？」

小桜が電話に耳を傾けながら、私たちの方に問いかけるような目を向ける。なんだ？　心当たりがないので首を振ると、小桜はなぜか顔をしかめて、ＰＣの画面に目を移した。

「通話……？　ビデオでってこと？　え、大丈夫なのマジで？　協力的、うーん、それはいいけどさあ、時期尚早じゃない？　画面越しでもヤバいでしょ。……まあね、確かに。それはそう。ちょうど二人雁首揃えてるしな。タイミングいいっちゃいいけど。でもな～。いやまあ、いいよいいよ。わかった。しょうがない。こっちの接続先知ってたっけ？　あそう。わかった、待ってる。はーい」

電話を切って、小桜がため息をつく

「何ですか？」

「今からＷｅｂ会議したいって」

「汀さんがですか？」

「いや……」

ＰＣから通知音が鳴って、マルチディスプレイの一つの画面端に、Ｗｅｂ会議への招待ダイアログが出た。

「あ、じゃあ私たち出てましょうか」

「何言ってんだ。おまえらがいないと始まんないんだよ」

　小桜が苛立たしげに言って、招待をクリックする。会議ツールが開いて、画面に映ったのは——

「あ！　映った映った！」

　はしゃいだ声を上げたのは、潤巳るなだった。口の端から頬を横断する傷跡のせいで、耳まで裂けた口を持つ女の子が満面の笑みを浮かべているように見えた。

「小桜さ〜〜ん、お久しぶり〜〜〜〜♡」

　戦慄とげんなりの入り交じった複雑な表情で、小桜が私たちを振り返った。

「おいこれほんとに大丈夫か？　ちゃんと見ててくれよ」

「み、見てます見てます」

「鳥子もだぞ」

「オーケイ」

　私と鳥子が小桜の椅子の両脇から画面に映り込むと、るながカメラに向かって両手を振ってみせた。

「やっほー、紙越さーん、仁科さーん。聞こえてますかー？」

なーにがヤッホーじゃ。

「あれ？　ミュートだったかな？　もしもーし」

「聞こえてるよ」

しぶしぶという感じで小桜が答えた。

「あ、よかったですー。わー、こんな風にパソコンに向かって喋るの久しぶり！　配信してる気分になっちゃいますね」

カルトの親玉として大勢の人生をめちゃくちゃにした人間が、浮かれた口調でそんなことを言うので、私もさすがにイラッと来た。

「あのさあ、自分の立場わかってる？」

「やだー紙越さん怒ってます？」

「協力したら今の待遇改善できるって言ったのは、仕事だけ済ませりゃいいって話じゃないからね。あんたが外に出していい人間じゃないって思ったら、この話なかったことにするよ」

「…………」

「なんか生活指導の先生みたいなこと言うんですね」

「わかりましたって。そんな怖い顔しないでください。ていうかまあ、ちゃんとするとこはちゃんとしますよ。一応、この間の話で説得されたので」

ほんとかな、と鳥子がほとんど声に出さずに呟いた。私も疑いの気持ちは大きかった。危険な賭けをしていることは承知している。事前に何度も話し合って、長期的にはこうする以外ないだろうと結論したものの、いざ事が動き出すと不安になる。やってることは、猛毒を持つ動物の檻を開けたのと同じだ。今はオンラインだし、私と鳥子が見張ってるし、〈声〉を使われたとしても影響は最小限に留められるだろうけど……。

「あ、そうだ。この前言われてたやつ、ちゃんと書いときましたから。汀さんから送ってもらってるはずです」

「ん……？　何の話だっけ？」

「はぁー!?　人に頼んどいて酷くないですか？　冴月さまを召喚するためにどんなことしたか訊いてたじゃないですか」

「……ああ」

「あとでまた訊くって言われたから、頑張って思い出したんですよ。さすがに全部じゃないですけど。私の知らないところで作業してた部屋も多いですし。でも記憶にある限り全部書き出しました。偉くないですか？」

「えらいえらい」

「あんまり適当だと拗ねますからね、私」

るなのダル絡みをあしらいながら、スマホでメールをチェックした。本当だ――汀からファイルが届いている。開いてみると、るなのカルトが〈牧場〉に施したリフォームと、モチーフにした怪談や事件事故がずらりと並んでいた。

「風呂場で孤独死した事故物件、水がなくなるまで茹でられた」「墓石を毎日踏んでた家」「家族の誰も知らない子供?とかだった気がする」「ずれる天井板???忘れました」「押し入れの中に顔」「山の牧場のトイレ」「地下のまる穴」などなど……。ほとんどの記述は曖昧で、空白の箇所も多く、はっきり言うとリストとしては粗末な出来だった。逆にその稚拙な部分に、子供が描いた幽霊の画のような、素朴な禍々《まがまが》しさが漂っていた。

「どうですか、ちゃんと書いてるでしょ」

るなは拙さを自覚していないようで、得意顔をしている。私はなんだか、急に辛くなってしまった。このクソ生意気で性格の悪い元カルト教祖は、まだ高校生なのだ……。

「ねえ、紙越さん」

「ああ、うん。ありがとう。参考にする」

るなが意外そうな顔をした。鳥子と小桜も、眉をひそめて私を見る。

「紙越さん調子でも悪いんですか?」

「いや、別に」

「ならいいんですけど……。お礼言われると思ってませんでした」

「うるさいな。あんたがちゃんとしてれば、こっちもそれなりに扱うよ」

動揺を振り払おうとしたら喧嘩腰になってしまった。また言い争いにならないうちにと、私は話を続けた。

「るな、DS研を襲った後、ノートどうしたか憶えてる？」

「冴月さまのノートですか？ わかりません。あそこで気絶して、それっきりです」

「戻ってきたんだよ」

「えっ？」

ノートをカメラに映るように掲げると、るなが驚きに口を開けた。

「どうしてですか？」

「私もわかんない」

閏間冴月が置いていったとしか思えない——などと言ったらまた話がこじれそうなので、答えずにはぐらかした。

「私にください、それ」

「は？ なんで」

「冴月さまの聖遺物じゃないですか。必要ないでしょう、紙越さんには」

「まだそういうこと言うの？」

「まだって何ですか。私はずっと――」

私はため息をついて言った。

「るな、憶えてないの？　あのノート読んで、あんたのお母さんに何が起こったのか」

画面の中で、るなが黙った。途中でやめずに私は続けた。

「お母さん、裏世界でノート読んだからやられたんだよ、あいつに」

「それは、あのバカ女が勝手に」

「あんたを助けようとして読んだんでしょ！　あんたの〝冴月さま〟から、娘を逃がそうとして！」

気付いたら私は怒鳴っていた。るなはカメラから目を離して、うつむいていた。

「……いや、ごめん。うるさくする気は――」

「何がわかるって言うんですか」

るなが震える声で言って、ぱっと顔を上げる。

「何がわかるんですか、紙越さんに！　人の家庭の事情に口挟まないでもらえません⁉

私を守ろうとしたとか、ハッ、死ぬ間際になっていい母親だったフリしたって遅いんですよね！　宗教狂いとか、お金のこととか、お父さんのこととか、帳消しになると思ったら大間違いですから！」

るなの目は怒りにぎらついていた。こいつがこれほど感情を露わにしたのは初めて見た。

「ああー、ほんっとムカつく！　お母さんも！　冴月さまも！　紙越さんも!!　みんなみんな死ねばいいのに!!」

私は小桜に向かって言った。

「ミュートできます？」

「あ？　ああ……」

小桜がマウスをクリックすると、るなの罵声が途中で途絶えた。部屋が急に静かになる。るなはすぐに気付いて、叫ぶのをやめたようだった。ミュートが解除されると、るなは真顔で言った。

「信じられない」

「うるさかったから」

「信じられない。人の心持ってるんですか？」

あんたに言われたくない、と言い返そうとしたら、横で鳥子が先に声を上げた。

「持ってるよ」

「は？　はあ。そうですか」

げんなりしたようなため息をついてから、るなが言った。

「いいです、もう。疲れてきました。さっさと済ませましょう。何をやればいいんですか、私は？」

「この前言ったとおり、閏間冴月の葬式に出てほしい。DS研に迎えに行くから、一緒に裏世界に行くことになる」

「その裏世界というのは、ブルーワールドのことでいいんですよね？」

そういえば、るなはそんな名前で呼んでたっけ。

「うん。前回、閏間冴月が現れたとき、あたり一面草っ原だったでしょ。あれがそう」

るなの顔がわずかに険しくなった。

「やっぱりあれが、そうなんですか……」

「何か？」

「いえ。ちょっと、イメージと違うなって思っただけです」

いまさら？と思って、私はほとんど笑い出しそうになった。ブルーワールドとやらにどういう妄想を抱いていたのだろう。静かで、綺麗な、青い世界？　そんなところだろう。知ったことじゃないけど、自分たちがやっていることとのギャップに何も思わなかったんだろうか。

勝手に抱いていた理想を裏切られて、実際に対面した閏間冴月には鼻も引っかけられず、あげく母親を目の前で殺されて、自分も……。こうして並べてみると、るなにとって、裏世界に入っていいことなんか一つもなかったということに気付かされる。それは少し——ほんの少しだけど、可哀想かもしれない。

「あそこに行って……それからどうするんですか？　冴月さまを呼び出すって、この前話してましたよね。私のリストの方法試すんですか？」

同情を頭から追いやって、私は答えた。

「ああ、うん、あれも役に立つかもだけど。ノートが手に入ったから、まずそっちを試す」

リストを作ったるなの努力を無下にすることになんとなく気が引けて、つい濁した言い方をしてしまった。そんな必要ないはずなのに。

「じゃあ、あのときと同じことするんですか？　紙越さんもやられちゃいません？」

「読むつもりはないよ、危険すぎる。でも多分、このノートを持って裏世界に入ったら、向こうから来る気がするんだよね」

「気がする？　根拠はあるんですか？」

「逆にこっちが訊きたいんだけど……。ファンのあんたがノートを手に入れたがったのはわかるよ。でもあのとき、なんでノートを使えば召喚できるって思ったの？　いくら本人の持ち物だったにしても、よく考えたら飛躍してない？」

「私は根拠ありましたよ。まず冴月さまの研究ノートがあるって小桜さんに教えてもらって、なんでも紙越さんがそれを読んだらコトリバコが出てきたっていうじゃないですか。それ聞いて、すごい、ブルーワールドのものを召喚できる魔道書だ！って思ったんです。だったらそのノートを私のものにして、紙越さんの目で調べてもらえば、冴月さまを召喚する呪文がきっと見つかるはずだって」

「あ、そう……」

思ったよりすらすら答えられて、私は言葉に詰まる。いつも直感と出たとこ勝負でやってるこっちが馬鹿みたいじゃないか。

「洗いざらい喋らされたもんな……」

〈声〉を使われたときのことを思い出したのか、小桜は苦い顔で耳に手をやった。

「でも、ブルーワールドに入ったらノートの字が読めるようになるって言ったのはお母さん。るなのためにずっと、いろいろ調べさせてたから、それで気付いたみたい。それなら紙越さんに協力してもらわなくても自分で読めるかもって思ったんだけど……めちゃくちゃになっちゃいましたね、あはは」

るながどこか虚ろな笑い声を上げた。

〝ありがとう女〟が鞄に詰め込んでいた何冊ものファイルを思い出す。カルト信者のたわごとのはずが、結果を見ると、侮れないところまで裏世界に迫っていたわけだ。でも、DS研襲撃の後に残されたファイルを見てみたときには、やっぱりたわごとにしか思えなかった。いろんな人がいろんな経緯で裏世界と接触しているみたいだけど、ある人にとって有効な手法だったとしても、他の人が流用できるとは限らないのかもしれない。

思考が脇道に逸れかけていることに気付いて、私は話を元に戻す。

「あのときは結局、ノート読む前に来たよね、閏間冴月。多分、持ってるだけであいつと距離が近づくんだと思う」

「ふーん……？　なんか根拠薄い気がしますけど、紙越さんがそれでいいって言うならまあ。冴月さまと逢えなかったとしても、外に出てお散歩はできるわけですしね」

半信半疑という感じのるなに、私は首を振った。

「遭えるよ。来ないはずない」

「ずいぶん自信あるんですね。わかりました。じゃあ、出かけられるように準備しておけばいいですか？　いつになります？」

「明日か明後日か、そんくらい」

「けっこう急ですね。了解でーす。他に今聞いとくことあります？」

「何かあったら後で連絡する。そっちから何かあったら、汀に言って」

「なんだ、すぐ解放してくれるんじゃなかったんですか」

「すぐでしょ。一日二日くらい我慢して」

「ちぇー、ラーメン食べに行きたかったのに……。今これ小桜さんのところに接続してますよね？　こっちずっと退屈だから、話し相手になってくださいよ」

「嫌だよ。てかこの通話切ったら汀が回線ブロックするだろ」

「えーやだやだ、切りたくなーい。せっかくですし雑談しましょ？」

「お断りだ！　あたしは忙しいんだよ」

「えー、寂しい～」

そう言いながら、るなは画面の向こうで何やら首をひねっている。

「小桜さん、画面越しだとなんか印象違うなあ」

「あん？」

「なんか微妙に、声に聞き覚えがある気がするんですよね。もしかして小桜さんも、どっかで配信とかやってました？」

「やってない」

小桜は力強く言い切った。

「そうですかー。思い違いかな」

「もういいか？　切るぞ」

「はーい。紙越さんも、仁科さんも、またねー、おつー」

さっきまで揉めていたとは思えないほど愛想よく、るながこちらに手を振っているうちに接続が切れた。配信の癖が抜けていないのかもしれない。

入れ替わりで、汀が画面に映った。

「お疲れさまです。どういう話になりましたか？　途中だいぶエキサイトしていたようですが」

「お疲れ。聞いてたんじゃないの？」

小桜が訊ねる。

「私が音声を聞くと危険ですので、音を消して画面だけ見ていました」

「ああ、そりゃそうか」

「自動字幕は試してみたのですが、やっぱり使い物になりませんね」

「日本語認識ぜんぜんバカだからな」

小桜が笑って言って、私に視線を投げた。

「計画立ててるのは空魚ちゃんだから、話は任せるよ」

「いかがです？　紙越さん」

「あ、はい。見た感じ、協力する意思はあるんだと思います。口では冴月さま冴月さまって、てうるさいですけど、るなはるなで思うものがあるんだろうなと……。途中かなり怒って、感情が制御できていなかったのに、〈声〉は出てきませんでした。ちょっと意外です」

「かえって評価が難しいですね。本当に更生しつつあるのでなければ、恐ろしく自制が効いていて、敵対的な意図を隠し切れているのかもしれない」

汀の懸念はもっともだけど、右目を使った私の感覚は少し違った。

「あの〈声〉って、そこまで完全にコントロールできるわけじゃなさそうです。前に、霞に連れられて三人でいきなり病室に入り込んだときがあったんですけど、そのときは口から〈声〉が一瞬だけ覗きました。驚いて反射的に出たような感じでしたね。だから感情が昂ぶったら出てもおかしくないんですが、でも出さなかった。私を憎んでいたらもっと隠しきれないくらいに〈声〉が漏れ出して見えてると思います」

「わかりました。紙越さんのご判断に従います」

小桜が疑わしげに顔をしかめた。

「ほんとにうまくいくか？　るなにも言われてたが、ノート持って裏世界行くだけで冴月が出てくるって、空魚ちゃんの推測にすぎないだろ？」

「来ますよ、絶対」

「なんでそう言い切れるの？」

鳥子も不思議そうに訊く。

「だって、わざわざノート置いていったんだよ。私たちがＤＳ研に来てるときを狙って！」

閏間冴月への苛立ちに、つい声が大きくなる。

「意図があるに決まってるじゃん！　挑戦状だよこんなの！　わざわざ私の前に出てきて挑発してさあ、姿も見せないで鳥子を攫《さら》おうとしたり……。もうほんと、ムカついてんのよ私は」

「私怨で喧嘩してんじゃん。大丈夫なのか」

「私怨だろうがなんだろうが、黙ってたら舐められて、もっとヤバいことになるタイプの喧嘩なんですよ。これ以上あの女にイニシアティブ握らせたくないんです。ぶっころですよ、ぶっころ！」

怒る私から、ドン引きした様子で小桜が身を引いた。

「お祓いじゃなかったの？」

「あっ……そうでした」

小桜が重いため息をつく。

「不安しかないが、まあいい。空魚ちゃんが言うなら、勝ち目がある喧嘩なんだろ。出席してやるよ、あたしも」

「ありがとうございます」

小桜に礼を言いながら、私は、頭の中で計画を組み立てていた。

閏間冴月の葬式の計画を——。

ファイル 23

月の葬送

「喚子鳥《よぶこどり》は春のものなり」とばかり言ひて、如何《いかなる》鳥ともさだかに記《しる》せる物なし。或真言書《あるしんごんしょ》の中に、喚子鳥鳴く時、招魂《せうこん》の法をば行ふ次第あり。これは鵺《ぬえ》なり。

『徒然草』二一〇段

1

溜池山王の駅で降りて地上に出たところで、前を小桜《こざくら》が歩いているのに気が付いた。鳥子《とりこ》が追いかけて声を掛けると、小桜は振り返った。

喪服だった。黒いワンピースにストッキング、襟のないジャケット。胸元に黒い花の形にしたリボン飾りがついている。靴はシンプルな黒のパンプスだった。私たちを見て、小桜が眉をひそめた。

「なんだその格好」

「喪服持ってなかったので……」

葬式をすると言い出した以上、もしかするとそれっぽい服装をしたほうがいいんじゃないかと思い至ったのが昨日の夜。正直、閏間《うるま》冴月《さつき》を永遠に葬り去るための方便としか思っていなかったから、形式的な部分まで考えが及ばなかった。フォーマルな服の持ち合わせはないし、レンタルというのも間に合わなさそうだったから、面倒になって普通の探検装備で来てしまったのだった。

小桜は呆れたようにため息をついた。

「そんなことじゃないかと思った。喪章とかつけてるわけでもなさそうだし」

「一応明るい色や迷彩は避けて、黒のパーカーにはしました」

「そういう問題じゃないんだよ」

「私も、これじゃダメだったかな」

鳥子が自分の服を見下ろして言った。こっちは私以上にいつも通りだ。鳥子は衣装持ちで、探検装備もちょくちょく換えてくるけど、その中で比較的暗めの色ではあった。

「お前は礼服くらい持ってるかと思ってた」

「カナダだとお葬式のドレスコードそんな厳しくないんだもん」

「都合悪くなるとカナダ人づらしやがって」

話しているうち、すぐにDS研のビルに着いた。そのまま車用のスロープを歩いて降りる。このビルに正面のエントランスから入ったことは一度もない。

駐車場の奥へ進んで、エレベーターの前から汀《みぎわ》に電話をかける。

「着きました。小桜さんとも合流して、三人揃ってます」

「お疲れさまです。いま降りていきます」

電話を切った私に鳥子が尋ねた。

「上がって来いって？」

「待ってればいいみたい」

五分ほどしてエレベーターが到着した。開いたドアから出てきたのは、汀に連れられた潤巳《うるみ》るなだった。

るなは最初に会ったときと同じ、セーラー服とカーディガンに、明るい色のコートを羽織っていた。右肩から小さめのリュックをぶら下げている。ＤＳ研に監禁されてからはずっと浴衣みたいな病院着だったから、まともな服を着ている姿は久しぶりだ。でもまともなのは服だけ。顔の下半分は、本格的な黒革の口枷に隠れていた。

「出所おめでとう」

茶化してみたら、不機嫌そうな視線が返ってきた。

「んんー」

「しょうがないじゃん、さすがにこっちの世界であんたの口を自由にさせとくのは危ないでしょ」

「おとなしくしてたら、あとで外してあげるから」

「んんー!」

「んんー……」

「空魚《そらを》、言ってることわかるの?」

「ううん、適当」

「んん〜〜〜‼」

「遊んでんじゃねーよ、まじめにやれ」

るなだけでなく、小桜が怒り出してしまった。

「葬式やるっつったの空魚ちゃんだろ。冴月を祓って鎮めるために儀式のフレームが必要だって話に納得したからここまで来たんだ。チャラチャラしてんなら帰るぞ!」

「あ、はい……」

本気で叱られて、さすがにばつが悪くなる。鳥子に目を向けたら、こっちからも非難するような視線が返ってきた。

「空魚、そういう風に調子に乗るのよくない癖だよ。喋れない相手をからかうのも」

「う……ごめん」

「私じゃなくて、そっちに謝ったら」

突き放された私は、仕方なくるなに向き直った。

「ごめん」

「んん」

しょうがねえな……という目をして、るなが答えた。悔しい。

とはいえ、怒られるのももっともだった。これから葬式に行く四人のうち、私を除く三人とも、閨間冴月への巨大な思い入れを持つ女だ。一人だけへらへらしてたら、そりゃ評判が悪いだろう。私にとっては厄介な敵でしかないけど……。

悪くなった空気には素知らぬ顔で、汀が私に小さな鍵を渡してきた。

「口枷の鍵をお預けしておきます。潤巳さんの他の所持品は鞄の中にありますので」

「所持品って、他に何があるんですか？」

「〈牧場〉で回収した財布や学生証と、あとは着替えや身の回りの小物程度です。看護師に任せたので、私も詳しくは聞いておりませんが」

要するに、とりあえず出かけるのに必要なものを持たせてもらったわけだ。

「わかりました。じゃあ……行ってきますね」

「皆様お気を付けて」

汀が慇懃に一礼する。

「鳥子、お願い」

「オーケイ」

鳥子が手袋を外して、少し離れた場所へ足を進める。床の半端な位置に三メートルほどの白線が引かれていて、ゲートの位置を示している。

何度もやっているから鳥子も慣れたものだ。空中に手を掛けて、分厚いカーテンを引き開けるように横へと歩く。空間が歪んで、銀色の燐光に縁取られたゲートが開いた。

「行こう」

私は先に立ってゲートをくぐった。その先は五十キロも離れた〈牧場〉の地下室——ゲートになっている巨大な鉄製の輪が設置された、だだっぴろいコンクリートの空間だ。埃っぽいにおいが鼻を衝く。気温が少し下がったのが肌でわかる。入る瞬間は真っ暗だったけど、〈まる穴〉のそばに置かれた人感センサーが私を感知して明かりがついた。工事現場用のライトで、範囲こそ狭いものの光は強く、うっかり直視するとやたらに眩しい。

周りの様子を見てから、ゲートに向き直る。

「オーケー。来てください」

こわごわゲートをくぐる小桜に、平然とした態度のるなが続いた。しんがりの鳥子が自分も〈まる穴〉をまたいで、左手を離すと、引き裂かれた空間が元通りに閉ざされる。

「ここか……」

小桜が不快そうに呟いた。るなにいいようにされた場所だから、嫌な思い出しかないだろう。

「ん！　ん！」

るなが顎をしゃくってアピールする。口枷を外せと言いたいようだ。

「裏世界に入ってから外してあげるから、ちょっと我慢して」

「んん～！」

怒りの唸り声を発して、るながリュックを開けると、病室で使っていたホワイトボードが出てきた。

《はずして　いまさらあばれないから》

「なんでよ。ここで何か言いたいことあるの？」

「んん！」

私は他の二人と顔を見合わせた。二人とも眉をひそめて、言外に懸念を表明していた。

「そのボードで伝えられることだったら書いて」

「むううん」

るなが憤然とマーカーで書き殴る。

《あれなに》
「あれ？」
るなの指差す方を振り返ると、後方の壁際に、工事用の機械や資材が大量に積み上がっている。
「ああ。あんたのカルト、ここに車入れられるように建物の裏掘ってたでしょ。その工事引き継いで、地上に出られるようにしようと思って」
《なんで》
「ここ使うとき、車入れられるといろいろ便利そうだし。せっかくＤＳ研の駐車場に直結してるんだからさ」
《つかうってなにに？》
「何って、あんたらが作ってくれたゲートがいっぱいあるから……」
と説明しかけて、そもそもるなに前提が共有されていないことに思い至った。
「そっか、ごめんごめん。あのね、この建物、もらったの」
るなが目をしばたたいた。
《は？》
「私がもらった」

《いみわかんない　あげてないですけど》
「もう要らないでしょ、あんたには」
《いるとかいらないとかじゃない　わたしのですよ？？》
「るなのじゃないでしょ。誰かに用意させて、勝手に使ってただけじゃん」
「んんー」
　不満げな息を漏らするなに、私は言った。
「汀さんにも調べてもらったら、ほかに文句言う人もいないみたいだったし。だから私がもらった」
　るなは信じられないという目で私を見て、続けざまにマーカーを走らせた。
《うそでしょ》
《たてもの使ってる人いなくなったからって　のっとっちゃったってこと？》
《かみこしさん戦国時代の人かなんかですか？》
「ブフッ」
　鳥子がおよそ顔に似合わない声で噴き出した。どういうわけかこのディスがツボに入ったらしく、鳥子はヒイヒイ笑ってしばらく動けなくなってしまった。
「何がおかしいの……」

「だ、だって、空魚そういうとこあるから……」

「わかる。根本的に野蛮なところがあるよな、空魚ちゃんって」

「んんー！」

「小桜さん……野蛮って、そんな気安く使っていい言葉じゃないですよ」

私が苦言を呈すると、小桜に鼻で笑われた。

「空魚ちゃんがまるで大学生みたいな物言いをするようになってて感動しちゃった」

「大学生なんですよね、ここ数年ずっと」

「なんで使っちゃだめなの？」

笑いの波からどうにか逃れた鳥子が訊ねる。

「十九世紀の植民地主義の反省」

「十九世紀のロジックで動いてるって言われてることを自覚してくれや」

「戦国時代よりは新しいですね」

「んんー!!」

るなに不満があっても取り合うつもりはなかった。実際問題、〈牧場〉を管理できるのは、私と鳥子だけだろう。

「あのね……こんな危険な場所、誰にも任せられないって。隣の建物ヤバかったからね。

どの部屋もゲートだらけで、あんなの普通の人が入ったらどうなるかわかんないよ」

「んーん？」

「うん。見えてなかったんだろうけど、あのままだったら、あんただって無傷じゃいられなかったと思うよ。DS研から直接車で出入りできるように工事したら、下からの道は封鎖して、誰も入れないようにするつもり」

「んんー」

「そんなクソヤバスポットに、あたしらを連れてきてくれたわけだ……」

小桜がぶるっと身震いして言った。

「早く済ませよう。ここからどうするんだ」

「上の建物からゲートを選んで、裏世界に入ります。そこで閏間冴月を召喚します」

「どうやって？」

「そこからは、るなの出番」

「んん？」

「るなに呼んでもらうんです、〝冴月さま〟を」

怪訝そうな顔をする三人に、私はこれまで考えてきた計画を説明した。

「るなの〈声〉はどういう能力なのか、ずっと不思議だったんです。囁くだけで人を洗脳することができる、確かにそれだけで充分すぎるほど強力なんですが……裏世界と接触して、そんな都合のいい能力を得ることがあるんだろうかって」

「副作用があるってこと？」

鳥子が自分の手を見ながら訊いた。

「ちょっと違う。たとえば私の目は、確かに人を狂わせることができるけど、それはおまけみたいなもんじゃないかな。裏世界の現象のレイヤーを透過して、より深い部分にある正体みたいなものを認識できるというのがこの目の第一の能力であって。見た相手が狂うのは、それを人間に適用したときたまたま起こるってだけなんだと思う」

「むしろそっちが副作用ってことか」

私は小桜に頷いて答える。

「はい。そのレイヤーが、本当に現実にそういう階層があるのか、私の脳がかぶせているテクスチャにすぎないのか、それはわかりませんけど」

「じゃあ、私の手も――」

「同じだと思う。あくまで裏世界のものを触覚経由で感知できる能力であって、たまたま人間の身体に突っ込んだりもできるってだけ。逆にそれで何ができるのかあんまりわかってないから、もっと探究してもいいかもね」

「そ、そうだね……」

見るからに気が進まない様子で、鳥子は言葉を濁した。

「んんー？」

「うん、だから、るなも同じだと思うんだ。私の推測が当たってるとしたら、るなは〈声〉を通じて、裏世界の存在に呼びかけることができる」

小桜がぞっとしたように目を見開いた。

「ヤバいじゃん……」

「そうなんですよ」

「洗脳だけでもヤバいと思ってたけど、それは……もっとまずい」

私が言っていることの意味に鳥子も気付いたようだった。

「それってつまり、私たちが裏世界の深い場所に行って接触するようなやつを、いきなり……」

「そう、ゲートから入ってすぐ、裏世界の浅い場所から呼ぶことができるかもしれない」

「ヤバすぎ……」

《るながよんだら冴月さまくるってこと？》

「少なくとも、閏間冴月の姿をした何かが来る可能性が高いと思う」

るなに説明しようとしたところで、小桜が焦ったように口を挟んだ。

「待て待て、ちょっと待て。空魚ちゃんの推測が当たってたとしたら、いきなり裏世界深部のクソ怖いやつが冴月の姿で召喚されてくるってことになるんじゃないのか。おまえらがよく、ちょっと考えるだけで発狂してるようなやつが……」

「そうなると思います」

「そんなもん出てきたら、前回と同じことになるだろ!? 葬式どころじゃない、全員ぐちゃぐちゃにされて死んじゃうぞ」

「なんの対策もせずに呼んだらそうなるでしょうね」

「……対策があるのか」

私は頷く。そうじゃなかったらそもそもこんな計画は実行しない。

「呼び出したものの姿がこちらの認識によって変わるとしたら、それを逆手にとることも可能なはずです」

「冴月を別の姿に変えるってこと？」

「うん」

「姿形は変わっても、中身は変わらないだろ。前回だって、冴月の姿はしてたけど中身は化け物だったんだから」

「私もそう思う……。どういう姿に変えるつもりなの？　ぬいぐるみとか？」

「そんなことしたら、一生ぬいぐるみが見られないような怖い目に遭うかもね」

　私は首を振って言った。

「どんな滑稽な姿にしてもダメだと思う。そういう姿を押しつけたとしても、私たち自身にとって説得力がなければ、相手の空気に呑まれて終わり。怖いものが来るのはもうしょうがない。だったら、怖いだけで実害のない姿を探すしかない」

「怖いだけで実害のない姿……？　そんな都合のいいもんあるのか？」

「あるんですよ、そういう怪談が」

　三人をぐるりと見回して、私は言った。

「〈牛の首〉って、聞いたことありますか？」

2

　もっとも怖いと言われる怪談――それが〈牛の首〉だ。

　誰でも聞いただけで心底震え上がるような恐ろしい話。

聞くと数日だけで死ぬという人もいれば、話すだけで災いが起こるという人もいる。

では、その内容はというと……、ない。

何もない。

〈牛の首〉として語られる話は、中身がないのだ。

——ものすごく怖い話がある。そうなんだ。〈牛の首〉と言うんだ。聞いたことがあるか？　いや、ない。そんなに怖いのか。それはもう、一度聞いたら忘れられない、聞かなければよかったと後悔する……それどころか、聞いた者にも語った者にも恐ろしいことが降りかかるらしい。本当に怖い話なんだ——。

それ以上の話は、決して出てこない。

つまり〈牛の首〉は、ただただ恐ろしいと伝えられるだけの怪談なのだ。怪談についての怪談、メタ怪談と言うこともできるかもしれない。

私がそんなことを解説すると、いつでも耳を塞げるようにずっと両手を構えていた小桜が、拍子抜けしたように手を下ろして言った。

「……それだけか？　ほんとにそれだけ？」

「これ以上付け足しとかないので、安心してください」

「怪談っていうより、小話みたいだな」

「でも、語り方次第だと怖くなるんじゃない？」

鳥子がそんなことを言うので、私はちょっと嬉しくなった。

「そうそう。だから怪談として扱われるんだよ。怖いぞー怖いぞーってだけで終わったら肩すかしだから、なんだよって感じだけど、おまえが聞いたこともないようなものすごく怖い話があって、これを語ったらただではすまない……ってうまくやられたら、結構ぞくぞくすると思う。だから私、実話怪談じゃないけど、この話結構好きなんだよね」

「で、そのメタ怪談をどう使うつもりなんだ？」

冷めた目で私を眺めて、小桜が訊いた。

「あ、はい……」

つい語ってしまった。私は咳払いをして、説明を仕切り直す。

「まず……裏世界は私たちの持つ怪談の知識を読み取って、その文脈に沿った現象を出力することで、恐怖をベースにしたコミュニケーションを試みていると仮定します。これまでこのプロセスは、向こうからの一方的な接触でした。閏間冴月の姿を取っている現象もその一環で、有効な手として繰り返し用いられているんだと思います」

「有効って……何に対して有効？」

鳥子が首を傾げる。

「向こうの判断基準を推測するには材料が足りなさすぎるけど、すごくシンプルに言って、私たちの反応が大きくなるというのが理由じゃないかな。無視されたり、銃をぶっ放されたりとは別の、複雑な反応が返ってくる。肋戸美智子《あばらとみちこ》とか、〈Tさん〉とか、いろんな方法を使ってこっちを探ってきた中で、閏間冴月を使うと私たちが反応するということに気付かれちゃったんだと思う」

複雑な顔になる鳥子と小桜。るなは口枷のせいで表情が読みづらい。質問がないようなので、私は続けた。

「でも、閏間冴月の姿が仮のものだとしたら、私たちはそれに干渉できるはず。相手に呑まれずに、こっちの認識を書き換えさえすれば、向こうが閏間冴月としてお出ししてきた現象を、違う姿として捉え直すことができる。私の目は裏世界のレイヤーを切り替えられるから、それは他のケースで実証済みだし」

「ほんとか？　空魚ちゃんの右目で見ても姿が変わらない化け物が結構いたんじゃなかったっけ？」

「そこは私の説の弱いところなんですよね。大宮で閏間冴月を見たときも、姿変わらなかったですし」

「不安だな」

「ただ、化け物を右目で見て〝正体〟みたいなものが見えたときも、なんとなく元になった怪談の要素が入ってることが多かった気がします。認識のレイヤーの厚さや重なり方も一定じゃなくて、何層もめくってやらないと違う姿が見えてこない、みたいなケースがあるのかもしれません。それで言うなら、今回の閏間冴月は、その層が分厚くて固い、認識を突き崩しにくい相手だと思います」

「それを突き崩すために、〈牛の首〉を使うと？」

「そうです。閏間冴月として現れた現象に対して、おまえは〈牛の首〉だという認識を押しつけてやります。ものすごく怖い女を、ものすごく怖いけど実体のないものに書き換えるんです。いわば怪談で怪談を乗っ取っちゃうイメージですね」

「ふーん……」

　小桜が考え込むように口元に手を当てた。

「どう思います？」

「怖いものを怖くないものに置き換えるより、怖くて無害なもので上書きする方が簡単ということか……。面白いこと考えるな。一瞬怖さを忘れかけた」

「でしょう？」

「もしそれが失敗したら?」

「即逃げます。だから、ゲートのすぐそばで実行するつもりです。ダメだって思ったら秒で撤退しますから、そのつもりでいてください」

「ぎりぎりの理性が残ってくれて嬉しいよ」

小桜が平板な声で呻いた。

「じゃあ、いいですか? 行きましょう。上の建物から裏世界に入ります。いくつか撤退しやすいゲートを見繕ってありますから、一ヵ所で閏間冴月が現れなくても、何ヵ所か試せると思います」

いよいよ裏世界へのエントリーが避けられなくなったので、小桜がどんどん青ざめていく。少しでも安心させようと、私は肩に手を置いて言った。

「大丈夫です。怖くて動けなくなってても引きずり出しますから、安心してください」

小桜は答えず、恨めしげな視線が返ってきた。

「私は小桜さん見てるから、鳥子はるなのケアして。オーケー?」

「オーケイ」

隣からいつも通りの簡潔な答えが返ってくる。私が提案した今回の〝葬式〟に際して、鳥子がどれだけの感情を胸の奥底で押し殺しているのか考え始めると、隣にぽっかり人の形をした穴が空くような気がして、ふっと恐ろしくなる。

そんな思いを振り払って、私は声を張った。

「よーし、行こう」

私たちは地下室を横切って、両開きの扉に手を掛けた。ひんやり冷たい金属の取っ手を引いて、上への階段へと続く暗い地下通路に踏み込む。

視界の隅で銀色の燐光がちらついた。

「……ん⁉」

違和感に声を漏らした直後、生ぬるい風が吹き付けてきた。風に撫でられた髪が目に掛かって、一瞬何も見えなくなる。髪を振り払って目を開けた私は、息を呑んだ。

そこは地下通路ではなく、外だった。

まばらに木が生えた林の中に私たちは立っていた。足元は草むらに覆われていて、見上げた空は今にも降り出しそうに雲が低く垂れ籠めている。

静かだった。虫の声一つしない。

この馴染みのある静けさ……間違いなく、裏世界だった。

「オォイ！」

沈黙を破って小桜が絶叫した。

「裏世界入っちゃったじゃねーか！　これ予測してた事態か？　違うよな⁉」

「ち、違いますね」

「撤退だ撤退！　早く戻るぞ！」

そうだ、ゲートは……⁉

慌てて振り返った私の目に入ったのは、なんの目印もなく続く林だけだった。右目で見ても、燐光の名残すらない。

「ゲートないです」

「だと思ったよ、クソ……！」

「小桜、しーっ」

鳥子が口に指を当てて言った。

「叫ぶと遠くまで聞こえちゃうよ」

小桜がハッと口を手で覆った。

「だから嫌なんだよ、ここはよお」

押さえた手の下で呻く小桜をなだめようとしていると、つんつんと二の腕をつつかれた。

「んん」

るなが自分の口枷を指差している。

「ああ……うん」

「んー！」

裏世界入ったら外すって言ったじゃん！という抗議の意思が完璧に伝わってくる。唸り声とジェスチャーだけでこんなに意思疎通できるなら外す必要ないんじゃないか？

「んーーー!!」

「わかったわかった……」

汀から預かった鍵を取り出して、改めてるなの口枷を観察する。ベルトが何本も重なっていて、意外と複雑な構造をしている。しばらく探してようやく錠前を見つけた。後頭部でベルトを接続する金具と金具が、小さな南京錠で繋がれている。

鍵を差し込んで解錠して、ベルトを外すのを手伝ってやった。全体が緩んで、一人で外せるようになってから手を放した。

「ぶえ……ぺっぺっ」

口腔内で舌を押さえつけていたマウスピースを口から引っ張り出して、るなが唾を吐く。

「あー、やっと外せた」

しゃがれ声で言うるなを、私たちは緊張して見つめた。小桜さえも静かになっていた。るなは注がれる視線を気にする様子もなく、手からだらんとぶら下げた口枷に忌々しそうな視線を向けた。

「ちょっと持っててもらっていいですか」

「あ？　ああ」

無造作に差し出された口枷を、小桜が反射的に受け取った。ベルト部分をまとめて持って、所在なげに立っている小桜は、畑で邪悪なジャガイモを引き抜いてしまった子供みたいに呆然として見えた。

るなは自分のリュックを開けて、水のペットボトルを取り出すと、その場で口をすすいで吐き出した。改めて一口飲んで、キャップを戻す。

「しゃべれないし息苦しいし、よだれ垂れるし味も変だし」

ぶつぶつ言いながら、今度はウェットティッシュの包みを取り出して開けた。

「つけるの同意したのは自分ですけど、ほんとキツいんですよねこれ……。あ、もういいですよ、ください」

小桜が返却した口枷のマウスピースと、口に直接当たっていた部分を、るなは器用にウェットティッシュで拭いていく。

「ほっといたら洗ってもらえるわけでもないから、自分でやらなきゃならなくて、めんどくさいし、なんか屈辱だし……」

るなが顔を上げて、視線にいま気付いたみたいに眉をひそめた。

「なんですか？」

「いや……」

やけに慣れた手つきに戸惑ったのだけれど、考えてみたら検査やらで人と接触する必要もあって、付け外しする機会が多かったのだろう。私はまた、なんだか胸がざわつくのを感じた。そのざわつきが同情に近いものだと気付いて、密かにうろたえる。

自分だったら、るなの境遇には耐えられない。一秒でも早く逃げ出すだろうし、邪魔したやつを傷つけることもためらわないだろう。なのに、この子はそれを受け容れて――慣れているように見える。

最近どうしたんだろう、私は……。子供が嫌いなのに霞を保護してしまったり、後輩なんて要らないはずなのに茜理を受け容れたり、今度はよりによってこの性格最悪の元カルト教祖に同情？　どんどん不安になってきた。私は頭がおかしくなったのだろうか。

「空魚？」

「私、頭おかしい？」

んん……？という顔で鳥子が私の顔を覗き込んできた。

「どう？　おかしいかな、やっぱり……」

「あー……その……答えるのが難しいけど……」

鳥子は慎重に言葉を選んでいるようだった。

「……少なくとも、今それ言うの？って意味ではおかしいと思う」

「ありがと。小桜さんはどう思います？」

「イカれてるって今まで百回くらい言ってきたつもりだけど、耳もげてた？」

「紙越《かみこし》さんは私が見た人の中で一番おかしいですけど、参考になります？」

きれいにした口枷をリュックにしまいながら、るなが横からさらっとディスってくる。

同情したのが間違いだった。

「ねえ空魚、あれなんだと思う？」

鳥子が指差す先に目を向けると、木々の向こうに、縦長の白い板が立っているのが見えた。黒字で何か書かれているようだ。

「看板っぽい……？」

右目の視界に怪しい動きはない。私は双眼鏡を取り出して覗き込んだ。白い板に書かれているのは、太い横向きの矢印と……

ぞっとして、私は双眼鏡を目から離した。

「何？」

「見てみて」

渡した双眼鏡を鳥子が目に当てて、ぎくりと硬直した。

「うそ」

「なになに、何だよもう、こえーんだよ」

耐えきれなくなったように言う小桜に、私は言った。

「駅前とかに、お葬式の案内の看板立ってることありますよね。ナントカ家葬儀式場こちら、みたいなこと書いてあるやつ」

「ああ……？」

「あれです」

小桜が目をすがめて、遠くの看板を凝視する。

「一応訊くけど……誰の葬儀って書いてある？」

震え声の質問に、鳥子が答えた。

「閏間冴月」

しばしの沈黙の後、るなが場違いに軽い口調で言った。

「紙越さんの計画、バレちゃってんじゃないですか？」

3

私たちは慎重に看板に近づいた。周囲の危険を警戒しつつ、るなにも目を配っておかなければいけないから、いつもより何倍も気苦労が多い。私も鳥子も、今日はマカロフだけ持ってきた。葬式だから大きな銃は控えた方がいいか……という、後から考えるとよくわからない配慮でライフルは置いてきたのだけれど、身軽に動けるから結果的に正解だった。

るなは、少なくとも今すぐ反抗する気はなさそうだった。私が指定した道筋から勝手に踏み出そうとしないのは、事前にグリッチの危険を念入りに教えておいたからかもしれない。DS研の患者の姿を間近で見ているから、不注意な一歩が致命的な事態を招くことはよく理解しているはずだ。

〈声〉の洗脳は一瞬で終わるわけではない。命令を口に出して、それを受けた相手が従うまで、どうしたって何秒かかかる。無防備な一般人相手ならともかく、〈声〉を感知して防ぐことができる私たち二人が銃を持って見張っているこの状況では、るなもさすがにやりにくいだろう。

←
故　うるま冴月　儀　葬儀式場

「これ、誰が立てたんです？」

看板が立ち木に針金で括り付けられているのを見て、るなが不思議そうに言った。

「誰でもないんじゃない」

「え、でも誰かが看板用意して、ここまで運んできて、設置したわけですよね？」

「こういうのは人工物に見えるけど、ほとんどは自然にできたものだと思う。外から持ち込まれたものは別だけど」

「ふーん……？　この看板がそうだって、どうしてわかるんですか？」

私は看板を指差した。

「字が読めるでしょ」

「そりゃ読めますけど」

「表世界の文字は、裏世界に持ち込むと意味が取れなくなるの。読めてるってことは、裏世界の中で書かれた……というか、形成された文字ってこと。自分の持ってきたもの見てごらんよ」

るなは疑いを隠そうともせず、ペットボトルをリュックから引っ張り出した。ラベルを読もうとして、うわっと声を上げる。

「気持ちわる！　何これ！」

自分の持ったペットボトルから身を引くるなに、小桜が簡潔に説明した。

「脳が干渉されてるんだよ、今。言語機能が侵されてる」

「ええー、やば……キモーい」

ひとしきり騒いでから、思いついたようにるなが訊いた。

「この看板、表世界で読んだらどうなってるんですかね」

「逆に意味不明な文字列になってるはずだよ。閏間冴月のノートがそうだったみたいに」

「あ！　じゃあ、あのノートが裏世界で読めたってことは……」

「そういうこと」

「へえー。これも持って帰ります？　せっかくですし」

「やめた方がいいよ。よくないことが起きると思う」

「なんですか、それ」

「たとえば、その辺の道に立ってとくと、見た人が知らない葬式に誘い込まれるとか、自宅に帰ったら自宅で葬式やってるとか、そもそも看板に書かれた名前が自分だとか……」

「おい！　怖い話すんな」

怒れる小桜は、移動を開始してからずっと私の服の裾を摑んで離そうとしない。

「そういう怪談があるんですか？」

「いま適当に考えたんだけど」

「だから思いつきで怖い話すんのやめろよぉ！」

小桜とは対照的に、るなは興味深そうに食いついてきた。

「えーでも、面白いですねそれ。てことは、ここ来て同じようにすれば、呪いのアイテム作り放題じゃないですか」

「……やめときなって。発想が邪悪なのよ」

〈牧場〉の内装をコーディネートしただけのことはあるな……と思いながら、私は答えをはぐらかした。確かに可能かもしれない。裏世界の影響を表世界に持ち込むために、「呪われた」品物を人為的に作る——もしかして、閏間冴月がやっていたのはそれなんじゃないか？　研究ノートもそうだし、茜理に渡した「お守り」も、単にどこかで拾ったとかじゃなくて、裏世界に来て作ったのかも……。

看板の矢印が指す方向へとさらに足を進めると、すぐに林が切れた。行く手が窪地になっているのか、地面が途切れて落ち込んでいる。

急な斜面の縁から見下ろすと、眼下に小さな集落が広がっていた。粗末な板張りの小屋や、藁葺き屋根の家屋が入り交じって、ちょっと昔の日本の山村という雰囲気だ。ぱっと見、人が住んでいる感じがしない。倒壊した家も目に付くし、残った建物の多くも蔦や苔に侵食されて緑色がかっている。

右に目を向けると、少し行った先にもう一枚、さっきと同じ案内看板が立っている。そこから下り坂が延びていて、窪地の中に降りられそうだ。

「何か見える？」

双眼鏡で廃村を観察している鳥子に、私は訊いた。

「動くものはないけど、村の中にも看板が立ってる」

「案内が丁寧だね」

私も双眼鏡を覗いた。右目に意識を向けて全体を見渡すと、銀色の燐光が点々と瞬いている。村の中にはそれほど多くないけど、周囲の斜面にはいくつもグリッチがあるようだ。

双眼鏡を下ろして振り返る。

「行きましょう。道の上を歩く分には大丈夫そうですが、ちょっと外れると危険です。何か起こったとしても、反射的に逃げないようにしてください」

「何か起こるのかよ……」

「起こらない方が不思議です」

小桜に向かって言いはしたけど、半分はるなに聞かせるための言葉だった。ここで変な気を起こされたらたまったもんじゃない。

「なんか……誘い込まれてるとしか思えないんですけど。いいんですか？」

るなが訊ねる。私は頷いた。

「このまま行く。裏世界が私の脳を読んでるとしたら、閏間冴月の葬式が用意されてるのは不思議じゃない」

「罠っぽい気がするんですけど」

「罠だったとしても、やることは変わらないから。むしろこっちから乗り込んでいって引っかき回してやる。相手が人でも化け物でも、ビビったら終わりだよ」

るなが小桜と顔を見合わせて、呆れたように言った。

「やっぱり野蛮ですね」

「だろ？」

何やら失敬な合意に至ったらしい二人に、かぶせるように鳥子が言った。

「でも心はあるんだよ、空魚にも」

「鳥子……」

いくらなんでも、もう少しうまいフォローの仕方がありそうなものだと思った。

……いや、待てよ。フォローがヘタなんじゃなくて、これは皮肉を言われてるのか？

どちらが正解なのか、鳥子の横顔から読み取ることはできなかった。

まあいいや。余計なことを考えている場合じゃない。

下り坂を辿って、私たちは村へと向かった。舗装されていない、踏み固められた土の道だ。パンプスの小桜がこけないように、ゆっくりと足を進めた。

近くまで来ると、廃村だということがはっきりわかった。倒れた板塀、割れたガラス、錆びて茶色になったトタン屋根。崩れた軒の下敷きになっている機械の残骸は、農機か昔のバイクだろうか。雨戸も障子戸も全部倒れて、素通しになっている家もあった。どこもかしこも朽ちた情景の中、ときおり現れる葬式の案内看板だけが場違いに真新しかった。

集落の中ほどには大きな木が生えていた。節くれ立った幹はねじ曲がって、頭上に広がる枝には一枚の葉もついていない。木の根元にある岩は、かろうじてお地蔵様の形の名残を留めている。

涸れた水路に掛けられた短い石の橋を渡る。橋のたもとで崩れているのは水車小屋だったようだ。心棒が腐って落ちた木の水車が、苔に覆われた緑の塊と化している。

矢印を追って、廃村の三分の二ほどを通り抜けたところで、黒と白の鯨幕《くじらまく》が前方に現れた。看板が指し示していたのは、どうやらあれらしい。周囲を警戒しながら、慎重に近づく。ここに至っても誰の気配もないから、葬儀の参列者は私たちだけのようだ。

鯨幕はやけに背が高かった。五メートルくらいはあるかもしれない。生け垣のように延々と続く幕に沿って進んでいくと、ようやく切れ目があるのを見つけた。

恐る恐る中を覗き込んで、意表を衝かれた。家一軒ぶんくらいの敷地が、ぐるりと黒と白の縞模様で取り囲まれている。しかも、鯨幕は天井の部分まで覆っていた。壁面の左右に渡された竹竿に支えられているようだ。見上げるほど高い鯨幕というだけで異様なのに、天井まで同じ模様なのは、かなりぎょっとする眺めだった。床だけが剝き出しの土で、草一本生えていない。

参列者が記帳するスペースのつもりか、入口前に白いテーブルクロスに覆われた小さな机がぽつんと置かれていた。その先にはパイプ椅子の列が並び、一番奥に祭壇が組まれていた。溢れるような量の白い献花に覆われた祭壇の上には、白木の棺桶が置かれていた。

4

「何か見える？」

隣に立つ鳥子が訊いた。

私は式場を右目でゆっくりと見渡した。姿を変えるものは何もない。鯨幕が風にはためいた拍子に入り込んでくる外光が、薄暗い中を不規則に照らし出す。

振り返ると、小桜とるなが所在なげに突っ立っている。小桜は怯えきって顔面蒼白、るなは緊張しつつも興味を引かれている様子だ。

「小桜さん、大丈夫ですか」

「大丈夫ではない」

寒さでかじかんでいるみたいな硬い口調で小桜が答えた。

「なんで私はこんなところにいるんだっけ」

「閏間冴月の葬式に出るためです」

「ああ……そうだった」

小桜は夢の中にいるようなぼんやりとした目つきになっていた。恐怖が許容量を超えたのかもしれない。私が腕に触れると、無意識の動作か、その腕にしがみついてきた。

　仕方なく頭を撫でてみると、しばらくそのままになっていたけど、不意にウワッと叫んで身をもぎ離した。

「あ、よかった」

「い……いま頭撫でたか⁉」

「すみません、つい」

「ついじゃねーよ、二度とやるなって言ったよな⁉」

　怒る小桜を不思議そうに眺めて、るなが言った。

「小桜さんホラー苦手なんですね、意外」

「ホラーゲーム配信者のノリで聞かれると無茶苦茶腹が立つな」

「こんど一緒にやりましょうか、ホラゲ」

「絶対やらない‼」

　前に向き直ると、鳥子のなんとなく不満そうな顔に迎えられた。

「何？」

「別に……」

　ふいと顔を背けて、祭壇の棺桶の方に目を据えた鳥子が、フーッと息を吐いた。小桜の正気が戻ったので、私も気持ちを切り替える。

「行きましょう」

私が言うと、後ろから、小桜の言葉にならない呻き声が返ってきた。

無人の式場に踏み込んで、祭壇に近づいていく。聞こえるのは風に布がはためく音だけだ。左右のパイプ椅子の列はところどころ乱れていて、まるでついさっきまで座っていた参列者が忽然と消え去ったような印象を受けた。

祭壇を埋め尽くす献花から、甘い香りが漂ってくる。それに気付いたとき、鳥子と小桜が同時に息を呑んだのがわかった。

「冴月の匂いだ……！」

鳥子が呟いた。振り向くと、小桜は愕然と目を見開いていた。隣のるなの表情からすると、こっちはピンときていないようだ。動揺しているのは、まだ人間だったときの閏間冴月を知っている二人だけだった。

棺の蓋は開いていた。銃を構えて覗き込むと、中にも白い花が敷き詰められている。そこに横たわるはずの遺体だけがない。起き上がって、どこかへ歩いていったみたいに……。

銃を下ろして、顔を見合わせる。

「いないみたいですけど、どうするんですか」

るなが祭壇を見上げて訊ねた。

「葬式の会場までお膳立てされてるのに、当の本人がいないのはどういうことなんだ」

怒ったように小桜が言った。私は考えながら答える。

「多分、この会場は向こうからのアプローチなんですよ。裏世界の他の場所に比べると、私たちの意図が強く反映されてますから」

「何のためのアプローチだ？」

「わかりませんけど、観察されてる気がします……私たちがどうするのかを」

「ふざけてる……」

そう呟いた鳥子は、私よりも怒っているように見えた。

「あたしらが冴月の葬式に来たということは、向こうは理解しているわけだ……どういうレベルの理解かはともかく」

「そう考えていいと思います。でも、肝心の本人はここに配置しなかった」

「その意図はなんだ？　挑発か？」

「そこまでわかりやすい意図があるとは思えないです。単に、怖がらせるために効果的だからかも」

「確かに、遺体がなくなっている方が不安にはなるが……」

「いない相手は撃つこともできないですからね」

「またそういう野蛮な――」

顔をしかめて言いかけた小桜が、はっとしたように言葉を切った。

「――もしかすると、それが理由じゃないか?」

「え?」

「さんざん撃たれて向こうもやり方を変えたんじゃないか? おまえらがあんまり簡単にバンバン撃つもんだから……」

思わず鳥子と顔を見合わせてしまった。

あり得るかもしれない……。

ここのところの裏世界からのアプローチは、表世界にまで人間もどきを送り込んでくるという手法が多かった。〈Tさん〉を銃と空手で迎え撃ったことを考えると、心当たりがあるとしか言えない。

「あたしらの前に出てくるお化けが、裏世界からの探針《プローブ》だとしたら、何をすればこっちの反応が変化するのか試していたとしてもおかしくないだろ」

「だとしたら、あんまり気分のいいもんじゃないですね」

「そもそも裏世界に関わって〝気分がいい〟ことなんてあるのかよ」

「なかったらこんなことしてないですよ」

小桜はぶるぶるかぶりを振って言った。

「もういい、空魚ちゃんに訊いたのが間違いだった」

真面目に答えたのに、と私が機嫌を損ねていると、るなが思い出したように言った。

「そういえば紙越さん、ノート持ってたら冴月さまが出てくるとか言ってましたけど、効き目なかったみたいですね」

「さすがにそこまで簡単じゃなかったね。持ってるだけじゃなくて、使わないとだめか」

「……読むんですか？」

るなの声が低くなった。

「いや。読まないけど、代わりの使い道がある」

私は自分のリュックを下ろしながら言った。

「鳥子、あの机持ってきてくれない？」

「あの小さいやつ？　オーケイ」

私が荷物からノートを引っ張り出して準備している間に、鳥子が式場入り口に置かれていた、記帳用とおぼしい机を運んできてくれた。小学校で使われるような机とだいたい同じくらいのサイズで、これからやろうとしていることにはぴったりだった。

棺の前に置かれた机の上で、私はノートを開いた。ただし前からではなく、裏表紙の方から。何も書かれていない見開きが、白いテーブルクロスの上に広がる。

「これで閠間冴月を召喚します。協力してください」

「これで……？」

罫線の間から何か這い出してくるんじゃないかと疑うような目つきで、小桜は空白の紙面を凝視している。

「はい。今から、四人でこっくりさんをします」

何を言っているのかわからない、という視線が三組分返ってきた。

「こっくりさんって、何？」

鳥子が首を傾げる。あっ、そこからか。

「ウィジャボードってわかる？」

「ああ、うん」

「あれの日本版」

「へえ」

「小桜さん、十円玉すぐ出てきます？　財布荷物の奥にしまっちゃってて」

「出ると思うけど……いや、な、何言ってんの？　なんでこっくりさん？」

「何をすれば閏間冴月を召喚できるか、ずっと考えてたんですが、これがベストだと思います。こっくりさんはシンプルですし、私たちの特性を生かしやすいという理由もあります。〈ひとりかくれんぼ〉とかも候補にはあったんですけど、ちょっとノイズが多いんですよね」

「もう空魚ちゃんが何言ってるかさっぱりわかんない」

「大丈夫です、すぐわかりますから。全員テーブルを囲んでください」

私は細いペンを持ってノートに屈み込んで、儀式に必要な文字を手早く書き込んでいく。五十音と数字、その上に「はい」と「いいえ」、最上部真ん中に鳥居のマーク。

書き終わって顔を上げると、机を囲む三人と目が合った。

「ほら、十円……これでいいのか？」

「ありがとうございます。じゃあ、これにみんな指を置いてください」

鳥居の位置に置いた十円玉に、四人の人差し指が置かれる。

「あ、鳥子は左手でお願い」

「え、そうなの？」

「うん。手袋も外してね」

「あのー。四人いると十円玉狭いんですけどー」

「がっつり押さえる必要ないよ。端っこに軽く触れてるだけでいい」

準備が整ったところで、私は言った。

「るな、今から私の言うことを復唱してもらいたいんだけど――」

「はあ」

「あの〈声〉を使ってほしいの」

「え、使っていいんですか？」

「そのために連れてきたんだから。いい？　行くよ」

私は息を吸って言った。

「閏間冴月さん、閏間冴月さん、どうぞおいでください。もしおいでになられましたら〈はい〉へお進みください」

それからるなに目を向ける。

「言って」

「……冴月さま、冴月さま、どうぞおいでください」

しょっぱなから勝手にアレンジされたけど、耳で聞いてみるとこちらの方がしっくりきた。私が咎めずにいると、るなはそのまま続けた。

「もしおいでになられましたら〈はい〉へお進みください……」

はい
いいえ

私の右目は、るなの口から〈声〉が放たれる様子を捉えていた。その現れ方は、予想と違っていた。今まで見たるなの〈声〉は、標的に向かって空中を走る銀色の流線だった。いま見えているのは、るなの口を起点として花火のように拡散する燐光の群れだ。明確な対象に向けて発されていないからだろうか、放射の方向も勢いもバラバラで、末端は空中に溶けるように消えていく。

「手応えがないんですけど」

「続けて。繰り返して」

そう指示してから付け加える。

「手応えがある場所を探りながらやってみて。〈声〉を使って冴月を探すの」

「はあ？　急に難しいこと言わないでもらえます？」

文句を言いながらも、るなが繰り返す。

「冴月さま、冴月さま、どうぞおいでください……」

耳に聞こえる声の調子は変わらないのに、右目に見える〈声〉の姿は一秒ごとに変化していく。るなが言われたとおりに、周囲の空間をサーチしているのだ。私の目や鳥子の手と同じことが、るなにもできるんじゃないかと推測したのが当たっていたみたいだ。

不意に、鳥子がぴくりと反応した。

「――冷たい」

一言呟いた直後、指先の感覚に変化が生じた。何の前触れもなく、十円玉が紙の上を滑り、鳥居の上から移動したのだ。

「紙越さん。私の声、何かに触れてます、いま」

るなが驚きの滲んだ声で言った。

「すごく変な感じ……これ、なに？　誰？　すごく大きくて、すごく怖くて、人間とは全然違う……」

覚えのある形容だった。るなの口から前にも同じ台詞を聞いたことがある。あれはいつ、どこだったっけ……

小桜がはっと声を上げた。

「おい、それ――ＡＳＭＲの」

同時に私も思い出した。以前拉致されたとき、るなが話していたことを。『ブルーワールド』という謎の動画の音の中から現れたという、大きくて怖くて、違うもののことを。

「……神様だ」

恍惚とした表情で、るなが囁いた。

その瞬間、指が触れた十円玉が、ズンと重くなった気がした。見えない何かが音もなく、天から落ちてきたみたいに。

「な、なんだ、これ……！」

小桜が呻く。全員が同じ感触を覚えているようだった。指の下で十円玉が、とてつもない圧がかかっているかのように震えている。

「るな、続けて」

促すと、るなが慌てたように言った。

「さ、冴月さまでしたら、〈はい〉にお進みください」

十円玉が異様な滑らかさで動き、〈はい〉の上でぴたりと止まった。全員が言葉を失った。こうなることを期待して計画を立てた私ですらそうだった。

「これ、誰も動かしてませんよね？」

るなの問いかけに、みんな首を横に振った。

「鳥子、どうなってるか感じられる？」

「左手が冷たい流れに浸かってるみたい。〈Tさん〉の青い道、あれと同じような――」

私は改めて右目に意識を集中した。手描きの文字が並ぶ紙面に重なるように、確かに何かの力が流れているのはわかる。はっきり見ることができないのは、現実のレイヤーをうまく透過できていないからだろうか。

この流れに繋がっている今なら、るなを経由せずに意思の疎通が可能だろうか？　私は試しに質問を口に出してみた。

「あなたの名前を教えてください」

十円玉が動いた。五十音表へと進み、一つずつ文字を辿っていく。

――い……き……す……た……ま。

そこで止まった。

なんだ？　私は困惑して紙面を見つめる。

いきすたま？　意味のある言葉か？　外国語……？

一瞬遅れて、頭の中で音と意味が繋がった。生霊《いきすだま》だ！

「面白……」

思わず呟いたら三人とも、えっ⁉という顔で私を見た。構わず私はもう一度訊ねる。

「あなたの名前を教えてください」

――あ……お……い……め。

「それは名前じゃありません。あなたの名前を教えてください」

――う……る……ま……。

来た！

——さ……つ……き。

「名乗った……」

放心したように鳥子が呟いた。私も興奮していた。対話が成立している。いま私たちは、裏世界が閏間冴月と名乗らせている何かと、こっくりさんを通じて話しているのだ。

「あなたはどこから来ましたか」

——あ……お……ふ……ち。

わからない。あおふち——青い、縁《ふち》？　斑《ぶち》？　藤《ふち》？

私が次の質問をする前に、鳥子が言った。

「いまどこにいるの？」

十円玉は動かなかった。鳥子がもう一度、大きな声で訊く。

「冴月、いまどこ？」

——こ

——こ

目の端で何かが動いた。視線を動かすと、棺からこぼれた花が床に落ちたところだった。さわさわと花びらの触れ合う音を立てて、棺の中から起き上がる人影が見えた。右目の視界に入ったそれは、真っ青で、まるで空間に人型の穴が開いたみたいだった。青色は穴の向こうから漏れる光だ。反射的に目を逸らしていた。

だめだ――あれはだめだ、まともに見たら正気ではいられない！

「振り向いちゃだめ！」

私の叫び声に、三人がびくっとする。

「誰かいるけど絶対見ちゃだめ。十円玉だけ見てて」

固い靴底が地面を踏む音がした。棺から降りてきた何者かがゆっくりと歩み寄ってくる。

机を囲む私たちのそばまで来ると、水中を行くような足取りで、背後を時計回りに進み始めた。伏せた目の隅に黒いロングスカートがちらつく。献花の匂いが至近距離から香ってくる。

「冴月……」

鳥子が掠れた声で名前を呼んだ。答えはなかった。

「どうするんだ、これ」

押し殺した声で小桜が言う。

「呼び出しはしたが……どうやって祓う」

そうだ、肝心なのはここからだ。

落ち着こうと息を吐いて、私は改めて口を開いた。

「自分が死んでいることを、あなたは知っていますか」

反応がない。もう一度だ。

「自分がもう死んでいることを知っていますか」

――〈いいえ〉。

「あなたは裏世界に呑み込まれて、二度と戻れなくなった。そうですよね」

――〈はい〉。

鳥子が無言で、いやいやをするようにかぶりを振った。呼吸が荒い。

「もう表の世界に居場所がないことを、あなたは理解していますか」

――〈いいえ〉。

「もう人間ではなくなったあなたは、自分をなんだと思っていますか」

――う……る……ま……さ……つ……き。

「あなたはもう、閏間冴月ではないですよね」

――〈いいえ〉。

「あなたはもう、閏間冴月ではありません。〈はい〉と言ってください」

――〈いいえ〉。

「鳥子、答えをねじ曲げて」

「え⁉」

「〈いいえ〉に行かせないで。〈はい〉にして」

「そ、空魚ちゃん何言ってんだ？　そんなことしていいのか？」

　顔を上げないまま私は言った。

「いま私たちは、裏世界を形作る力の流れに触れてるんです。私がその流れを見てるから、鳥子の手で答えを書き換えられるはず」

　時空のおっさんの件で入り込んだゴーストタウンを思い出す。街全体がグリッチだったあの場所では、私の目で次々に現実のレイヤーを飛び移って、しかも認識を書き換えることで小桜を花に変えることすらできた。あれと同じことをすれば、こっくりさんの答えを力ずくで変えられるはずだ。

「嘘だろ……こっくりさんをハッキングするとか聞いたことねえよ」

　小桜が呆然と呟く。

「もう一度聞きます。あなたはもう、閏間冴月ではありません。〈はい〉と言ってください」

〈いいえ〉に向かって動き出そうとする十円玉に、別の力が加わった。鳥子の指が、紙の上に交錯する力の流れごと、十円玉の針路を変えようとしている。

「重い……！」

歯を食いしばって鳥子が言った。それでも十円玉は、じわじわと動いていく。瞬きもできずに見つめる中、十円玉が〈はい〉と〈いいえ〉の中間でぴたっと止まり、そこから一ミリも動かなくなった。

「無理？　もう動かない？」

「さっきより重い……誰か力入れてない⁉」

そんなまさか、と言おうとしたとき、黙っていたるなが口を開いた。

「私です」

「は⁉　何やってんの⁉」

この土壇場で裏切る気か――？　ぞっとして身構えたけど、私には目もくれずに、るなは言った。

「冴月さま、るなに聖痕を印《しる》してくださって、本当にありがとうございます。ずっとずっとお目にかかれるのを待ち焦がれていましたから、すごくすごく光栄で、嬉しく思います」

狂信者そのものとしかいえないような言葉を吐いているのに、口調には熱がなく、抑揚もなかった。

「でもすみません、一つだけ、本当に一つだけ、お聞かせ願いたいことがあるんです。教えてください」

感情の読めない声のまま、るなは続けた。

「なんでお母さんを殺したんですか？」

それまでの抵抗が嘘のように、十円玉がすうっと五十音の方に動いた。

──の……そ……ん……た。

「望んだ？　誰が？」

沈黙した後、るなは呟いた。

「私がですか？」

──も……う……い……ら……な……い。

十円玉の軌跡がそう辿ったと思った次の瞬間、るなが叫んだ。

「望んでない！　そんなこと、私、望んでない!!」

十円玉に載せた指が、怒りにぶるぶる震えていた。

「ふざけんなよ！　なに勝手に殺してんだよ人の母親！　頼んだことねーだろ一回も！」

るなは声が裏返るほどに激昂していた。

「なんなんだよおめーは！　どっから出てきてるなの人生メチャクチャにしてくれてんだ

よ！　もう要らないとか、はー、そうですか！　そういうこと言うんですね！　よくわかりました。ねえ紙越さん！　いいこと考えたんですけど、私の声、このギフトって、冴月さまにも効くんですかね⁉」

「るな、やめ――」

「見ててください、試してみ……」

激情にまかせて顔を上げたるなの言葉が、喉の詰まる音で途切れた。

閏間冴月の姿を直視してしまったのだ。

るなが白目をむいて口から吐瀉物を垂れ流しながらその場に昏倒するのを、私は横目で盗み見ることしかできなかった。

しばらく、残された私たち三人の荒い息だけが聞こえていた。

「……死んだ？」

目を伏せたまま私が言うと、鳥子がるなの方に顔を傾けてから答えた。

「息はしてる」

「仰向けか？　うつ伏せか？」

怯えきった小桜が、蚊の鳴くような声で訊いた。目の端で様子を窺う。

「横向いてます」

少なくともゲロで窒息する心配はしなくてよさそうだ。るなのことを一旦頭から追い出して、私はそもそもの質問を繰り返した。あなたはもう、闇間冴月ではありませんよね？

「鳥子、どう？　動かせる？」

「だめ。まだ誰か、力入れてる」

「……あたしだな、これ」

小桜が力なく言った。

「顔上げないでくださいね、まともに見たら、るなと同じ目に遭いますよ」

「言われなくても見ねーよ。冴月の方だって、本来なら、あたしに合わせる顔なんかないはずなんだ」

小桜は長いため息をついた。

「冴月さあ、もう諦めようや。おまえの居場所、こっちにはもう、とっくにないんだよ。自業自得だからな、言っとくけど。ちょっとでも人に対して誠実にしてたら違ったかもしれないが……言っても無駄か。おまえは最初から人でなしだった。人と人でなしの違い、わかるか？　人は死んでも居場所が残るんだ。人でなしはそれすら残らない。生きてる間、人を人とも思わなかったら、そりゃそうなる」

「じゃあいい……」

独り言のように小桜は続けた。

「誰かひとりだけでも、人として接する相手がいたらよかったのにな。おまえはその道を選ばなかった。誰でもよかったのに。だからこうなるんだ。何人もの人生、好き放題引っかき回してさ。後始末もせずにいなくなった。情けない。馬鹿野郎だよ、おまえは」

小桜は乾いた笑い声を上げた。

「言ってやりたいことは山ほどあると思ってたが、そうでもなかったな。もうなんもないわ。おまえに対する執着も後悔も、なんもない。直接それが言えてよかったわ。スッとした。じゃあな」

小桜の言葉は唐突に終わった。十円玉に載った指から力が抜けるのがわかる。

「動くか?」

鳥子は首を振った。

「空魚も力入れてない?」

「え、私?」

言われてようやく自覚した。本当だ——無意識のうちに、私も指に力を入れて、十円玉を押さえつけている。意外な自分の反応に戸惑った。つまり私も、閏間冴月が閏間冴月ではなくなることを嫌がっているということか?

「……それはない」

私は指から力を抜こうとしながら言った。

「山にはひとりで行ってください、閏間さん」

これで自分の手が言うことを聞かなかったらどうしようかと思ったけど、普通に力が抜けてくれた。密かに安堵しながら、鳥子に目を向ける。

「これでどう？」

「動かない。ってことは、つまり……そういうことだよね」

私は何も言わなかった。あとは鳥子が気持ちにケリを付けるしかない。

鳥子はしばらく黙ってから、口を開いた。

「ねえ、冴月。私、本当に感謝してるの。ひとりぼっちだった私を見つけてくれて、もう一度、日の当たる場所に引っ張り出してくれた。いろんなところに連れて行ってくれた。いろんなことを教えてくれた」

穏やかで、優しい声。私は愕然とした。鳥子が、私以外の誰かに対して、こんなに温かい、想いに満ちた声で語りかけるなんて思わなかった。

ぎゅうっと胸が締め付けられる感じがした。両目の下、頬骨から上顎のあたりに、変な感じの圧が生じた。それで自分が危うく泣きそうになっていることを悟って、私はめちゃめちゃびっくりした。嘘でしょ？　やっぱり頭おかしいのか、私？

「冴月がいなくなって、すごく心配で、寂しくて、居ても立ってもいられなくて。裏世界から助け出そうと頑張ったけど……だめだった。追いつけなくて、ごめんね。本当にごめん」

鳥子は言葉を切った。泣くのかと思ったけど、泣かなかった。次に口を開いたとき、その声は、少しトーンが低かった。

「でも……私みたいな子が、他にもいたんだね。冴月は綺麗で、かっこいいから、不思議じゃないけど。正直、ショックだった。私だけの冴月だと思ってたから。そんなわけなかった。子供だったんだね、私」

そうだそうだ、もっと言ってやれ。ひどい女だぞ、そいつは——。私が心の中で喚いていることを知らないまま、鳥子が続ける。

「それでも、ずっと逢いたかった。生きてるって信じてたし、戻ってきてくれたら全部許しちゃう気がしてた。実際、再会したときには、嬉しくて何もかもどうでもよくなっちゃた。なのに——手を握ったら、違った」

鳥子が身震いした。十円玉を通して、震えが伝わってくる。

「触っただけで、あんなにわかっちゃうことってあるんだね。あの一瞬で、私の知ってる冴月はもういないんだって理解できちゃった。この冴月にはもう触りたくないし、触られたくないって思った。それで……ああ、終わったんだなって。だって、触《ふ》れるのが嫌になったら、そう感じちゃったら……終わりだよね」

鳥子の指が十円玉の上をわずかに動いて、私の指に触れた。鳥子が手袋のない左手で私に触ろうとするのは珍しいことだった。

「空魚に手を出そうとしたって聞いて、私は怒ってるの。冴月には二度と触れたくないし、私の大事な人にも触ってほしくない。冴月とはもう終わり。冴月はいなくなった。私の周りに、もう現れないで」

最後に鳥子は、呟くように付け加えた。

「バイバイ、冴月──大好きだったよ」

透明な指先から力が抜けるのを感じた私は、すかさずもう一度繰り返した。

「あなたはもう、閏間冴月ではありませんね？」

今度こそ、十円玉は動いた。滑らかに、まるで最初からそこに行くつもりだったように。

──〈はい〉。

やった！　突破した！

「鳥子、つぎ私が質問したら、〈牛の首〉って動かして」

鳥子が無言で頷いた。私は次の質問を口に出す。

「あなたの名前を教えてください」

十円玉が動き出した。

――う……し……。

よし、いいぞ――と思ったのも束の間、十円玉は予想しなかった文字を繋いで止まった。

――お……に。

うしおに？

一瞬、間違えたのかと思って、上目で鳥子の顔を見た。目が合うと、鳥子は激しく首を横に振った。

「私じゃない――勝手に動いた！」

鳥子が声を上げた次の瞬間、私たちは同時に、それまでずっと周囲をぐるぐる回り続けていた閏間冴月が、鳥子の後ろで足を止めていることに気がついた。

祭壇が傾いた。棺が滑り落ちて床に叩きつけられる。隙間なく並べられた献花の列が、風呂から溢れ出すお湯のようになだれ落ちた。

露わになった祭壇の表面は、シュロの毛のような荒い繊維で隙間なく覆われている。得体の知れないその塊が、眠りから覚めたみたいにのっそりと動き出した。

それは見上げるほど大きな獣を象った、祭りの山車か何かに見えた。酒瓶を横倒しにしたような、後部が膨れた形をしていて、水鳥のように高々ともたげた首の先から、恐ろしげな鬼面が周囲を睨めつけている。大きく開いた口と、牛のような二本の角が目を引いた。あまりに図体が大きいので、角の先端が頭上に張られた鯨幕をかすめるほどだった。

さすがにテーブルを囲んでいられる状況ではなかった。私たちは十円玉から手を離した。小桜が限界に達して、悲鳴も上げずにくたくたとくずおれる。

こんなものが出てくる怪談があったかどうか記憶を辿ろうとして、違うと気付いた。牛鬼《うしおに》だ、これは。確か西日本のどこかで、こういう山車の出る祭があったはずだ。

「つのをもつかおがきてしまった」

私たちとは別の声が不意に言った。いつの間にか閠間冴月の隣に──私がいた。私のドッペルゲンガーだ。フードを深く下ろして、閠間冴月を見ないように俯いている。にもかかわらず、そばを離れられないようだった。

「やくそくしたから、いかないと」

ドッペルゲンガーが口を利くのは初めてだった。私と同じ声のはずなのに、なんて幼く、子供っぽく聞こえるのだろう。ひねくれて、あらゆるものに壁を作った、誰にも好かれなさそうな声だ。でも同時に、その不満げな私は、ものすごく怯えて、嫌がっていた。

閏間冴月が手を差し出す。その手を取ろうと、ドッペルゲンガーが、のろのろと自分の手を持ち上げる。

だめだ、だめだ。そいつについて行ったら、取り返しの付かないことになる。

そう思いながらも、なぜか動けなかった。あのとき約束したから仕方ないのだ、という納得と諦観が、私を打ちのめしていた。

ああ、私が、閏間冴月の手を取ってしまう。お山に連れて行かれてしまう——。

なすすべなく見つめる私の目の前で、そのとき、鳥子が動いた。

ずかずかと歩み寄ると、ドッペルゲンガーを後ろから抱きかかえて、その場から引き剝がすと、一気に机まで引きずってきた。私とドッペルゲンガーが、鳥子を挟んで呆然と見つめ合う形になった。

「もうやめて、冴月！　空魚に手を出したら許さないから！」

閏間冴月に向かって、鳥子が叫んだ。

「バイバイって言ったでしょ⁉　冴月とはもう終わり！　私が愛してるのは空魚なの！」

そう言うと鳥子は、私をガバッと抱きしめて、思いっきり唇を押し付けてきた。

「うわ、ちょっ……」

逃げようとしたけど逃げられなかった。唇の感触に腰が砕けそうになりながらも、私はどうにか正気を保とうと足搔いた。鳥子の輪郭越しにドッペルゲンガーがこっちを見ている。私の方だけキスされてて、あっちの私は寂しくならないだろうか——と一瞬頭をよぎったものの、ドッペルゲンガーの目つきに妙な優越感が漂っているのに気付いて、そんな思いは霧散した。

こいつ……大宮で閏間冴月に遭遇した夜、鳥子の部屋に行って、先にキスされてたな⁉

一瞬で手に取るように理解できてしまった。なにしろ相手は自分なのだ。

「もう……もういいでしょ、鳥子、ちょっと！　やめ！」

息が苦しくなって、私は鳥子を押しのけた。睨んでやったけど、満ち足りた顔をしていて、怒る気が失せた。

さっき私を襲った諦観は拭い去られるように消えていた。キスのおかげか、そうでなければドッペルゲンガーへの苛立ちのせいだろう。

直視しないように気を付けつつ、閏間冴月の方を——いや、閏間冴月だったものの様子を窺う。長い首を打ち振りながら暴れる牛鬼と、佇む黒衣の女。そういえば、牛鬼にまつわる伝承の中には、別の妖怪の〈濡れ女〉と一緒に現れるという話もあった気がする。閏間冴月を強引に〈牛の首〉に仕立てようとしたのが失敗した結果、近似の文脈に収束したのかもしれない。

祭で踊り狂う鬼面の獣に相対しているこの状況は、「獅子舞」が躍り込んできたラブホ女子会を否応なく連想するものだった。そこに思いが至ったとき私は、あの酔っ払って記憶をなくしたバロン・ダンスもどきが、予言か、啓示か、あるいは予行演習のようなものだったということを悟った。なぜかというと——閏間冴月を完全に祓うために、いまこの場で私が言わなければならない台詞がわかってしまったからだ。

るなも、小桜も、鳥子も、それぞれが閏間冴月に対して送る言葉を持っていた。同じ葬儀に参列している私が、何も言わないままでは終われないのだ。

それにしても、私がこんなことを言う羽目になるなんて……。

納得できるようなできないような複雑な気分で、私は口を開いて、閏間冴月に向かって言い放った。

「あなたがちょっかい掛けてた子たち、全員まとめて面倒見てあげる。——だからもう、二度とその顔見せないで」

始めた儀式は、ちゃんと終わらせないといけない。私は机の上に手を伸ばして、ふたたび十円玉に指を触れた。机を挟んで、鳥子も同じようにする。こっくりさんの最中は十円玉から指を離しちゃいけない、なんて話もあるけど、大貧民並みにローカルルールがある習俗なので、都合の悪いところは無視することにした。

鳥子と目を見交わして、私は言った。

「冴月さん、冴月さん、どうぞお戻りください」

反応を待たずに、鳥子が強引に指を動かした。十円玉が〈はい〉を経由して、鳥居に戻ってくる。私たちは最後の言葉を口にした。

「ありがとうございました。さようなら！」

教えてもいないのに、惜別の言葉が鳥子とぴったり揃った。

次の瞬間、外からどっと風の音がしたかと思うと、鯨幕が下からめくり上げられるように舞い上がった。いきなり外にさらけ出されて、吹き付ける風に顔を覆う。

ふたたび目を開けたとき、あたりの景色は一変していた。廃村は影も形もなく、私たちは海を見下ろす土手の上に立っていた。表世界だ。牛鬼も、式場に並んだパイプ椅子も消えていた。長年屋外に放置されていたとおぼしい学校机が私たちの前にぽつんと置かれていて、風に煽られた拍子に、開いていたノートがぱたんと閉じた。

見下ろした砂浜の波打ち際に、黒衣の女が立っていたような気がしたけれど、それも一瞬のことで、もう一度見たときには、まるで海の中に歩み去ったかのように消えていた。

5

数日後――。私はひとりで小桜屋敷を訪ねていた。葬式から無事帰った……というか生きて戻った後、小桜は精神に相当なダメージが残っていたようだったから、さすがに心配になったのだった。

玄関で私を出迎えた小桜は、思ったよりも元気そうだった。不機嫌なのはいつも通りだけど、どこか今までになくスッキリしたような気がする。

本人にも言ったら、そうかもしれない、と頷かれた。

「やっぱり、ずっと引っかかってたんだな。当たり前だけど。あれだけ親しかった人間が突然いなくなって、気にならないわけがない」

心地いい穴蔵のような居室で、椅子の上に収まって、小桜はそう言った。落ち着いた口調だった。

「気持ちの整理をする機会を作ってくれて、空魚ちゃんには感謝してる」

「いえ、別にそんな、感謝されるようなことは……」

神妙に礼を言われて、私はかえって落ち着かなくなる。

「強引に話を進めてしまって、大丈夫かなと思ってたんですよ。三人とも私よりよっぽど冴月さんへの思い入れが強いのはわかってましたし……」

「そんな気遣いあったんだ、空魚ちゃん」

「思ってただけで、特にケアしませんでしたけど」

そういうとこだよ、と突っ込む口調がいつもより穏やかなので不安になった。

「大丈夫ですか、ほんとに」

「あたしはぜんぜん。鳥子とるなの方がダメージは大きいだろ」

あるなは、閏間冴月を通して裏世界深部に接触したことで身体に負担がかかったのか、その後DS研に逆戻り。意識は戻ったものの、体力が回復するまでまた防音の病室に横たわる羽目になった。今ごろ退屈だとごねているか、それともそんな気力もないか。

鳥子は、口では気持ちを整理できたと言っていたものの、以後は連絡も控えめだ。喪に服していると考えれば不思議ではない。食事はちゃんと取っているらしいので、そっとしてあげている。

「あたしと冴月は、鳥子よりずっと前に終わってたからさ。いまさらそんな、落ち込むほどでもない」

「それならいいんですけど」

「実際、今回だって、鳥子と空魚ちゃんの前には出てきたけど、あたしの前には一回も面《つら》見せなかったわけでさ。化け物になってもそんな現金なのかよって、さすがにむっとしたわ」

「出てこない方がいいですって。だいたい化けて出られたら小桜さんだって怖いでしょ」

「それとこれとは別なんだよ」

遠くを見るような目になって、小桜は言った。

「楽しかった時期もあったんだ。ちょうど今、空魚ちゃんが座ってるそこに二人で座ってさ、なんか食ったり、駄弁ったり、だらだらしてさ。お互い勝手にやってても全然気にならない、そういう時間を過ごしてたこともあった……」

皮肉めいた笑みを浮かべて付け加える。

「ま、あいつマジで人でなしだったから、長くは続かなかったけどな」

私は改めて周りを見渡した。いつも何も考えずに腰を下ろしているこのソファに、かつては冴月さんが座っていたと思うと、なんだか不思議だった。

そうしていると、ソファの背もたれとクッションの隙間に、写真が一枚入り込んでいるのを見つけた。

引っ張り出すと、映っているのは小桜だった。

ストリートスナップとでも言うのだろうか。屋敷の門の前で、正面から撮られた立ち姿。

ワンピースにシャツを重ねた大人っぽい着こなしだった。

リラックスした表情で、気の置けない人間と一緒にいることがわかる。私や鳥子と会っているときの気難しさがない。自然な、はにかむような笑顔は、素直にかわいかった。季節は春だろうか、明るい日差しと、背景の屋敷や木立の暗さが鮮やかなコントラストになっている。

画面手前の路上に、カメラを構えた撮影者の影が見切れている。影の形からは、髪の長い女性ということがかろうじてわかる。

「これ、落ちてました」

手を伸ばして渡すと、小桜は黙って写真を受け取って、しばらく何も言わずに眺めていた。

「……いい写真だよな」

「そうですね」

「面も見せないと思ってたら、代わりに写真一枚かよ。あいつマジで不義理の擬人化だよな」

それだけ言うと、また写真に目を落として、物思いにふけるように黙り込んだ。

「あ、あの……もしかして、泣いたりします？」

無言の中に渦巻く感情の波を察して、動揺した私はつい訊いてしまった。だんだん自覚してきたけど、どうも私は、人が泣いたり怒ったり、自分の前で感情をむき出しにする状況が苦手みたいだ。

小桜は失笑して言った。

「空魚ちゃんさあ……そういうの訊いちゃう？」

「すみません」

「いいんだけどな、一つ教えてあげる」

いつになく穏やかに、小桜は微笑んだ。

「大人ってのはな、ガキのいる前じゃ泣かないんだよ」

参考文献

本作は先行する多数の実話怪談・ネットロアをモチーフにしている。その中でも特に、直接引用させていただいたものについて記す。本篇の内容に触れているので、ネタバレを気にされる方はご注意を。

■ファイル21　怪異に関する中間発表

この章では特定の怪談をモチーフにしていない。文化人類学についての記述は『文化人類学の思考法』（松村圭一郎／中川理／石井美保編、世界思想社、二〇一九）より、第Ⅰ部第四章〈現実と異世界　「かもしれない」領域のフィールドワーク〉（石井美保）を参考にした。私も学生時代に文化人類学コースを履修していたが、それ以降の知見については疎かったため、さまざまな領域を横断して最新の文化人類学の考え方を紹介するこの本はうってつけだった。人間を見る際にはさまざまなアプローチ方法があるが、いきなり大上段の問題意識から「社会」に斬りかかるのではなく、自分というあやふやなものを起点として、個々の事例に注目しながら丁寧にやっていく方法もあるのだと教えてくれるのが文化人類学だ。空魚たちがゼミでどういうことをやっているのか興味を持った方にもお勧めしたい。面白いんですよ、文化人類学。

阿部川教授にはモデルがいる。埼玉大学で教授を勤められていた、阿部年晴先生という文化人類学者だ。私は先生の講義を受けていた一介の学生にすぎないが、わずかに接しただけでも、とんでもない大人物だということははっきりわかった。学問に関しては私は不出来で、大学院にも進まず、阿部先生とのご縁もそこまでだったが、あのときドロップアウトせずに阿部先生に師事して学者を志していたらどうなっていただろうかと今でも思う。阿部年晴先生は二〇一六年に亡くなられた。

■ファイル22 トイレット・ペーパームーン

この章では特定の怪談をモチーフにしていない。タイトルの「トイレット・ペーパームーン」は、挿絵のshirakabaさんが表紙絵のラフに（特に何も指定していないのに）仮で置いてくれたタイトルで、あまりにもいい響きなので使ってしまった。本自体のタイトルにしたいくらいだったが、それにしてはトイレ怪談のひとつもモチーフにしていないので諦めた。

ここで言うか迷ったのだが、汀曜一郎にも実はモデルがいる。二〇二一年に亡くなった「美少女」さんというコスプレイヤーだ（こんな名前だが男性である）。汀の容姿を設定した際、痩せて背が高くて手足が長くてジェントルで悪そうで、ちょうどこんな感じ……と、自分の中で一方的に参考にさせていただいただけなので、ご本人にも伝えていなかった。互いに顔見知りではあったものの、直接お話ししたこともほとんどなく、気恥ずかしかったという理由もある。先日若くして急逝されたので、言えるうちに言っておけばよかったと悔やまれてならない。

■ファイル23　月の葬送

「牛の首」は、作中で空魚が述べている通り、怖いと言われるだけで実体のない怪談である。世に知られるきっかけになったのは小松左京の短篇小説『牛の首』だが、オリジナルは古くから作家の間で語られていた話だったようだ（参考：Ｗｅｂ連載『吉田悠軌の異類捜索記　vol.6 最恐怪談「牛の首」に隠された秘密』吉岡悠軌、晶文社、二〇二〇）。筒井康隆が今日泊亜蘭から聞いたということで、意外にＳＦ分野に近いところが出所のようだ。そこから先が辿れないとしたら、実は今日泊亜蘭が考えた話だったりしないだろうか……。私は今日泊亜蘭が好きなので、もしそうだったら面白いなと思ってしまう。

ところで、2ちゃんねるで語られた怪談の中に、『牛の墓』というものがある。「死ぬ程洒落にならない怖い話を集めてみない？130」スレッドの518〜529（二〇〇六／五／二四）に書き込まれたこの話は、誰も内容を知らない「牛の墓」あるいは「牛のバカ」という怪談が伝わったある学校で、報告者の友人がこの話の実態を詳しく調べていたところ、「話の真相を知った女にだけ呪いがかかる」ことが判明し……という、『牛の首』と似通っているがディテールが細かい、興味深い話である。

毎度のことながら、直接的、間接的に影響を受けたネットロア・実話怪談の報告者各位に対して感謝を述べたい。いつも楽しく怖がらせていただいて、ありがとうございます。私の中に大きなものを残してくれた、生きている人にも、今は亡き人たちにも。本書がささやかな恩返しになればと願っています。

本書は、書き下ろし作品です。

アステリズムに花束を

百合SFアンソロジー

SFマガジン編集部＝編

百合——女性間の関係性を扱った創作ジャンル。創刊以来初の三刷となったSFマガジン百合特集の宮澤伊織・森田季節・草野原々・伴名練・今井哲也による掲載作に加え、『元年春之祭』の陸秋槎が挑む言語SF、『天冥《てんめい》の標《しるべ》』を完結させた小川一水が描く宇宙SFほか全九作を収める、世界初の百合SFアンソロジー

ハヤカワ文庫

ハーモニー〔新版〕

伊藤計劃

二一世紀後半、人類は大規模な福祉厚生社会を築きあげていた。医療分子の発達により病気がほぼ放逐され、見せかけの優しさや倫理が横溢する〝ユートピア〟。そんな社会に倦んだ三人の少女は餓死することを選択した——それから十三年。死ねなかった少女・霧慧トァンは、世界を襲う大混乱の陰に、ただひとり死んだはずの少女の影を見る——『虐殺器官』の著者が描く、ユートピアの臨界点。

ハヤカワ文庫

最後にして最初のアイドル

草野原々

〝バイバイ、地球──ここでアイドル活動できて楽しかったよ。〟SFコンテスト史上初の特別賞&四十二年ぶりにデビュー作で星雲賞を受賞した実存主義的ワイドスクリーン百合バロックプロレタリアートアイドルハードSFの表題作をはじめ、ソシャゲ中毒者が宇宙創世の真理へ驀進する「エヴォリューションがーるず」、声優スペースオペラ「暗黒声優」の三篇を収録する、驚天動地の作品集！

ハヤカワ文庫

ツインスター・サイクロン・ランナウェイ

小川一水

人類が宇宙へ広がってから六千年。辺境の巨大ガス惑星では都市型宇宙船に住む周回者《サークス》たちが、大気を泳ぐ昏魚《ベッシュ》を捕えて暮らしていた。男女の夫婦者が漁をすると定められた社会で振られてばかりだった漁師のテラは、謎の家出少女ダイオードと出逢い、異例の女性ペアで強力な礎《ピラ》柱船《ーボート》に乗り組んで成果をあげていく——

ハヤカワ文庫

日本SFの臨界点［怪奇篇］

ちまみれ家族

伴名　練・編

「二〇一〇年代、世界で最もSFを愛した作家」と称された伴名練が、全身全霊で贈る傑作アンソロジー。日常的に血まみれになってしまう奇妙な家族のドタバタを描いた津原泰水の表題作、中島らもの怪物的なロックノベル「DECO-CHIN」、幻の第一世代SF作家・光波耀子の「黄金珊瑚」など、幻想・怪奇テーマの隠れた名作十一本を精選。日本SF短篇史六十年を語る編者解説一万字超を併録。

ハヤカワ文庫

機龍警察〔完全版〕

月村了衛

テロや民族紛争の激化に伴い発達した近接戦闘兵器・機甲兵装。その新型機〝龍機兵〟を導入した警視庁特捜部は、搭乗員として三人の傭兵と契約した。警察組織内で孤立しつつも彼らは機甲兵装による立て籠もり現場へ出動する。だが背後には巨大な闇が……〝至近未来〟警察小説シリーズ第一作を徹底加筆した完全版

著者略歴　秋田県生，作家「神々の歩法」で第６回創元ＳＦ短編賞を受賞　著書『裏世界ピクニック　ふたりの怪異探検ファイル』『そいねドリーマー』（ともに早川書房刊）『ウは宇宙ヤバイのウ！〜セカイが滅ぶ５秒前〜』他多数

HM=Hayakawa Mystery
SF=Science Fiction
JA=Japanese Author
NV=Novel
NF=Nonfiction
FT=Fantasy

裏《うら》世《せ》界《かい》ピクニック７
月の葬送

〈JA1509〉

二〇二一年十二月二十五日　発行
二〇二二年一月十五日　二刷
（定価はカバーに表示してあります）

著者　宮《み》澤《ざわ》伊《い》織《おり》
発行者　早川浩
印刷者　西村文孝
発行所　株式会社早川書房
郵便番号　一〇一 - 〇〇四六
東京都千代田区神田多町二ノ二
電話　〇三 - 三二五二 - 三一一一
振替　〇〇一六〇 - 三 - 四七七九九
https://www.hayakawa-online.co.jp

乱丁・落丁本は小社制作部宛お送り下さい。
送料小社負担にてお取りかえいたします。

印刷・精文堂印刷株式会社　製本・株式会社明光社

ISBN978-4-15-031509-2 C0193

本書は活字が大きく読みやすい〈トールサイズ〉です。